三民叢刊205

殘片

董懿娜 著

三民書局 印行

序

「不要擔心我會粉身碎骨。我所憂慮的是：我像一隻凌空的雛燕，縱身一躍的時候，愛如浮雲會將我托起……」這是一個沉溺在夢境中的女子的憂慮，多麼美的憂慮啊！又是多麼的羅曼蒂克！

讀董懿娜的小說就像凝視一朵朵淒美的燭光，你去點燃一支，就有一朵燭光綻開，沒有風也會緩緩地飄搖，在油盡熄滅之前還有一次猝然而短暫的怒放。《殘片》是一篇最能代表作者風格的小說（當然，這篇作品既可稱為散文，也可稱為長詩）。一個少女如同蠶吐絲般的傾訴，她在自己一個人的夢裏，一面朝著對方走去，一面訴說著，訴說著和夢同樣的愛。這是她的信念：「在這世上倘若有兩個人注定要彼此相愛。那麼在相遇之前，他與她的每一步都在朝著對方走去，不偏不倚。無論有多麼的不可能。」她那樣沉著而又流暢地述說著自己內心的沉重，娓娓道來，蘸著血和淚。這是城府很深的人都無法辦到的，有時她會像掰開花瓣一樣掰開自己血淋淋的創口，有時又像拋灑花瓣一樣拋灑著揉碎了的心。董懿娜筆下的女主人公大都是敏感至極而又聰明絕頂的人物，明明知道等待著她的是失望，她還要希望，「無論有多麼的不可能」。

「愛，從某種角度而言，意味著永恒的失去。」《殘片》多麼清醒的夢話啊！清醒得讓人不寒而慄。在經濟潮汐中正在高歌猛進或正在垂死掙扎的人們一定會傻乎乎地問：是因為註定要永恒地失去才要死要活地愛麼？愛的就是那永恒的失去麼？這筆賬怎麼算呢！？

她們往往一語成讖。

「倘若前方是懸崖，你跳——我也跳！」《殘片》真的跳了嗎？真的。不同的是：她跳的不是懸崖，而是高樓，在第七層上往下跳。「一個像謎一樣的女人又像謎一樣散在霧中了。」

董懿娜的小說可以說沒有傳奇故事，也很少描寫所謂的時代背景，只有人物命運。人物的命運是作者刻意安排的，你會覺得那都是你在塵世間曾經匆匆一瞥的人物，你甚至可以想起你和那人邂逅時是何年何月。她筆下的女性的命運，要麼像一條清泉，流著流著，自自然然地流成了污濁的泥河；要麼像一片因陽光而透明的白雲，飄著飄著，就化為一片淚雨消失在天地之間了。最最難得的是：借助於刀斧雕鑿出來的藝術品而看不見雕鑿的痕跡，並注入了靈魂。

像董懿娜這樣寫小說，在今天的中國的女作家中是很少見的。不少女作家都在迷張愛玲，模仿張愛玲的筆調，揣摩張愛玲的心態，只恨沒有張愛玲的境遇，包括張愛玲生活過的風雨飄搖的孤島，亂世繁華中的苟且偷生和縱情宣洩，以及黯然去國的愁悵。張愛玲是一個沉溺在夢中還要清醒地把冷酷的真實發掘出來，一針見血，冷峻，甚至於尖刻。而董懿娜總想留住夢的真實，即使知道夢的最終破滅也不迴避，痴迷地欣賞著夢幻從有到無的全過程的美麗。《折翼而飛》裏有一段方令晚的話，她這樣說：「人並不因為旁人愛他，他便愛旁人。如果是這樣，那麼世上便沒有失戀這回事了。使人墜入愛河的原因往往在情感之外——這種原因可以是十分荒唐的，因為美麗，因為眩目，因為成功或僅僅因為寂寞，愛獨立於使它產生的原因而存在。原因的荒謬並不意味著愛不真實。愛一旦生發，縱有再多的不合適，它也能執著地存在，野火燒不盡春風吹又生。愛，具有一種懸浮於實在之上的能力。」——對嗎？很難說不對。

作者通過敏感的觀察、豐富的想像和細膩的心理描寫，把司空見慣的生活流程裏的內在悲劇表現得讓人欲哭無淚。《斯人已去》是一個常見的兩個尋常人家的故事，女主人公婚後不安現狀，有了新的追求，面臨新的選擇，為此含辛茹苦、委屈求全，耗盡了美麗的青春，在長期嚮往中的浪漫一生還未曾開始的時候，得來的卻是人與情俱已衰老的舊，一切依稀是似曾相識！她不得不在心底裏發出悲嘆：「愛在別處，生活更在別處，唯有點點滴滴是彼此之間的全部。」這就是人生！其絕對的悲劇性也正在於此。

預見不祥！一個年輕的女作家，對於本來應該在若干年之後才能看見的東西能夠如此的清晰，我非常折服。同時使我想起在一九四二年就悲慘地故去了的蕭紅，這位才女只活了三十一歲。蕭紅在童年的時候就能看見許多她最終都沒能親身經驗過的老年的事情。但，蕭紅不僅深刻地關注著人的內心痛苦，同時也關注著人在嚴酷的生存環境中的窘迫。由於時代的局限，當代許多才華橫溢的女作家至今還沒能達到蕭紅早已達到過的高度。在對生命的穿透力這一點，蕭紅比很多自以為是的男人強大得多。所以在這位心高氣傲的年輕女子生命最後的時刻，實實的難以瞑目，她是那樣的痛苦，那樣的不甘！從蕭紅有限的遺產中，我們可以看到中國女性文學既瀟灑而又剛烈的一面。

我談到蕭紅，並非希望中國應該有一個蕭紅熱，像張愛玲熱那樣。我特別反對模仿，即使你對他（或她）如醉如痴，也不要模仿，個性是作家的靈魂。董懿娜的可貴之處就是她不屬於哪一派，她的作品充滿了自己的任性和率真。她還會走出她現在的視野，寫出更多的作品，一部比一部優秀。她屬於七〇年代出生的作家，生命和文學之路還很漫長……文學是自然自在的產物，但有時具有非凡生命力的花朵往往會以柔弱之軀突破季節和土壤的制約，意外地在你想像不到的時候和想像不到的地方冒出來，那就是上帝賜給我們的奇葩。

我们都是只有一个翅膀的天使，只有互相拥抱，才能自由飞翔

——董懿娜

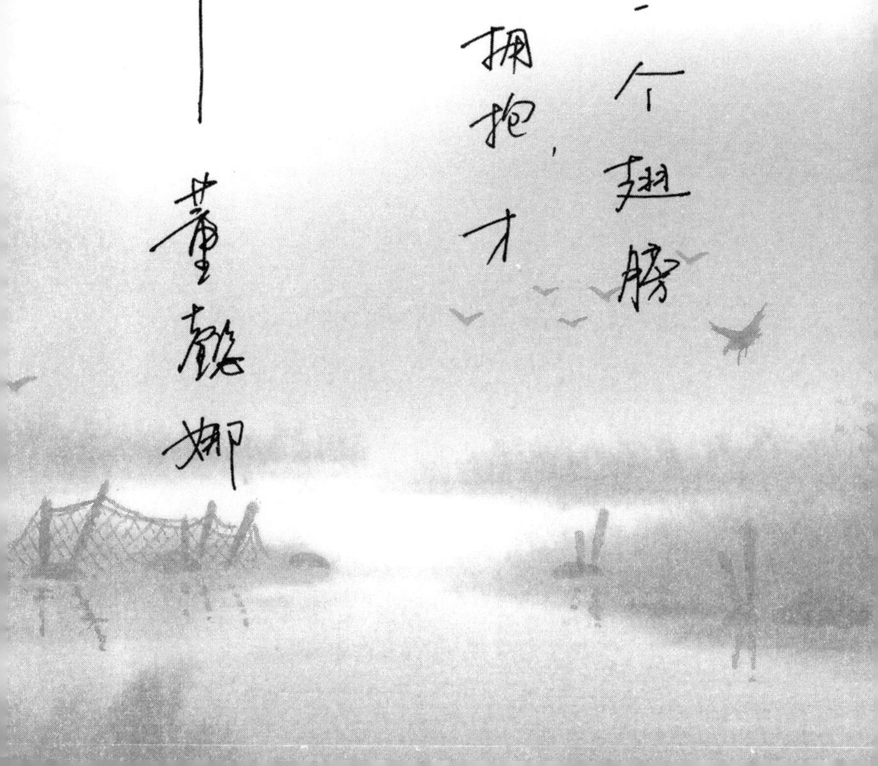

殘片

斯人已去

梅紓雲又送走了一個生日。

到了這個年紀，她已經開始懼怕生日的到來了——又是一個非得讓人去重拾記憶的日子：青春早已遠逝，健康也將日愈換成疾苦，所有的落花繽紛的往昔和那些摻著苦痛的沉澱，每到這一天總是從身體各處往心頭湧，根本是理不清頭緒，直堵得心頭發慌。梅紓雲不曉得別的女人是怎麼想的，而自己昨天剛過了四十七歲的生日，覺得這個坎一過，也無所謂暮日將至了，反正是從心底想到了那個「老」字，那種要接受現實的勇氣還只是氣若游絲般的孱弱，可這個字就是那樣陰魂不散地繞在心頭，讓人有一種從心底裏的灰飛煙滅。望著鏡中的自己，梅紓雲看到的往往是二十幾年前的那張臉，那時的清秀、姣好和旁人無法企及的氣質。想著年輕時二十幾歲的樣子，梅紓雲的心態會漸漸平和下來，在對往昔追憶和懷戀的過程中，她的臉上會生出極淡的一絲光彩，這非但沒有勾起她的傷心和對昨日難現的愁苦，反而會讓她墜入一種遐想和回味交替的幻境。大約在二十幾歲——其實也就是在三十歲以前那不過五、六年的時間，短短那幾年，梅紓雲現在回想起來就彷佛是將自己的一生都過完了，所有的幸福感都在那幾年中短暫而高效地釋放了，以後的生活中每一個或平淡或愁苦的日子都好像被本可以獲得的幸福提前透支了。梅紓雲心中總還是有一份不甘。她總以為這樣的快樂還會重來，所以當挫折和苦痛起先來光顧她時，她還在心底堅持這是生活和她開的一個玩笑，一切燦爛的舊景依然會在不久遠的將來再現的。這種執著的念頭繞了又繞，梅紓雲現在驀然回首時，才發覺它們成了支撐久長生活的支柱。然而一次復一次的失望磨褪了她心中的那一種堅忍，到了現在只是失望復失望後的絕望。

清晨還未徹底喚醒這個城市。梅紓雲恍恍惚惚一夜未成眠。她半倚在床上，有幾縷昏暗中透出一些微明的光從沒有拉齊整的窗簾縫中慵懶地擠進這間居室。梅紓雲想像著此刻窗外那種晨曦未明、新鮮中透著嫵媚的空氣。人想動，卻是沒什麼氣力。身旁的唐文皓還在夢中，梅紓雲在幽暗中端詳著唐文皓臉上的每一處輪廓，梅紓雲看到了他臉上細密的皺紋和隱現其間的白髮，衰老已經如秋風打落葉一般毫不留情地親顧到唐文皓的身上，梅紓雲這才意識到自己好像很久沒有仔細地看過唐文皓了。彼此廝守了將近半輩子——近幾年這份廝守近乎成了死守——最起初的瘋狂、痴迷、熱戀，和不顧一切的尋死覓活是早已在時光的淘洗中褪盡了顏色，剩下的容忍、寬厚、和睦也在歲月的滄桑裏早就沉入湖去，越沉越深，直到連一抹漣漪也蕩盡為止，唯有的只是生活的強大的慣性，日常生活總是要堅持下去，它就像一張巨大的網，讓人可以從那些或疏或密的網眼裏看得到外面的世界，呼吸得到外面的空氣，讓你想要略有飛翔的心思撩動起來，然而當你真要想擺脫這張網時才發現自己的渺小、軟弱、無計可施，徹底的無能和失敗。平添了對生活的沮喪。這張網無所不在地覆蓋著你的全身，讓你欲罷不能。梅紓雲看著唐文皓，心底反反覆覆問著自己的只有一句：這就是當初讓我心甘情願背負一切重荷和責難而求得的人嗎？梅紓雲是因為愛他，只是因為徹徹底底的一個愛字，而離開了那麼安穩的一個家，背著一個壞女人的名聲跟了他。愛究竟是什麼呢？是狂熱、是放蕩不羈，這一切在梅紓雲二十七、八歲的那幾年曾用生命中的一點一滴去兌現過。

梅紓雲和唐文皓共同生活了近二十年，然而他們還從未辦過一個正式的有法律效力的結婚證明。他們共同生活了那麼久，是事實上的夫婦，是朋友眼裏、鄰居心中，甚至是親戚們公認的夫妻，只有他們自己的心底知道總是缺了那麼一點什麼，儘管那只是一張薄薄的紙。愛過了頭，會讓人迷失，梅紓雲當初想的只是要和唐文皓生活在一起，於是拋卻了榮華富貴，和唐文皓擠到了這公寓的一個小單間裏，甚至將自己的親生兒子也割捨下了，哪裏還會惦念起這張紙？失落、惆悵、絕望，甚至怨恨都是後來的事。如果將這張紙先拋開不談，那麼梅紓雲的的確確是做了近二十年的唐太太。

梅紓雲該是唐文皓的第二位妻子。唐文皓的前妻在為他生下了兩個孩子後就病故了。唐文皓一個人拖著兩個孩子開始了舉步維艱的生活。生活的困頓將這一介書生折磨得狼狽不堪，在心理負擔和經濟負擔都極度超負荷的情況下，要不是為了兩個孩子，唐文皓甚至想到過死。

梅紓雲遇到唐文皓的那一年，正是梅最具風采的時候。在那個到處充滿了灰色的年代，梅無疑是個亮點，亮得讓人眩目，這種眩目反倒收了眾人的心，讓人的情感不自覺地純淨起來，覺得只要遠遠地看就已心滿意足了，那是一道不可或缺的風景，卻少了占為己有的奢望。

梅紓雲在一家中心醫院的藥房工作，做的是配藥，偶爾也補開一些方子。這是一個人面交往甚廣的工作。那個年頭，人們的生活都比較拮据，而病痛又常去光顧那些缺少滋養的人，能認識個把醫生、護士或是藥房裏配藥的實在是件高興的事。梅紓雲招人注目自然是不僅僅因為她是個配藥的。那時的她頎長、娟秀，夏天的時候還喜歡穿旗袍，頭髮是大捲的披肩髮，喜歡大聲地說話爽朗的笑。那種肆無忌憚的張揚將男人的欣羨和女人的妒忌一起湧動起來，然而終究是不會惹出什麼大的亂子，梅紓雲與大家總能比較和睦地相處。原因之一就是她什麼都不與人爭。在那個年代，清貧甚至貧苦使人心都變得格外縝密，腦子裏轉的就是那些蠅頭小利，彼此算計、權衡、斤斤計較。各種各樣細碎的矛盾也就這樣滋長出來了。梅紓雲對這些是不太在乎的，她的生活是徹底的無憂：住在西區一幢新式的公寓房裏，有一個幫傭的阿姨，丈夫陳東平也是有錢有勢，對梅也是欣賞倍至，兒子又年幼可愛。梅紓雲是根本不會在乎這份藥房裏的工作的有限收入的，她是有條件在家做少奶奶的。然而那是一個提倡全民勞動，勞動的美德才是讓眾人認可的年代。梅紓雲選擇了這樣一個並不太清閒的工作完全是性格使然。她是喜歡有一點熱鬧的環境的，一則是為了打發寂寞時光，更重要的是自己可以從別人不經意流露出來的欣羨中獲得一種滿足，一種虛榮心的飄浮感。由於梅的目的不在於那些瑣碎的利益，所以那種發生在婦人之間的雞零狗碎的事一般與她不太沾邊。然而女人的心眼總是小的，你雖然不與她爭什麼，然而你的咄咄逼人的氣勢、你的美麗和能幹，更重要的是你的富裕就像是一種莫大的壓力，壓得梅紓雲周圍的人喘不過氣來，然而又找不出可以應付的辦法，久了就成為一種積鬱，這種怨氣有源頭也是很有些時日了，只是說不上檯面。這種積怨便只能留在那些婦人的心裏，散發在面上就成了臉上的不冷不熱，面對著梅紓雲總是很客氣地寒暄，但那種表情是牽強的。背地裏三三兩兩說的都是不入耳的話。梅紓雲對別人心底裏的想法是明明白白的，她只是裝作不知曉，這種漠視一則是對別人有些不屑一顧的輕慢，二來是覺得不值得，她那時的心像浪尖上顛著的浮雲，心氣高得很，那些手邊身旁的煩惱還暫時牽不了她的心。

梅紓雲並不完全是因為嫁了陳東平才得了今天的優裕的，事實上自己娘家的家境一樣是很好，自小就沒受過什麼苦，在家又是最小的，上有兄長們的寵愛，父母的嬌溺，所以有些骨子裏的大小姐脾氣，只是在她出嫁前的兩年，父親突然病故，家中的柱子一下子就倒了。父親臨死前將一大半家業給了一個年輕嬌媚的女子，當然那人不是梅紓雲的母親。這使得梅紓雲對一向尊敬的父親傷透了心，眼看著好端端的一個家隨著人去而變得頹唐不已，家道中落的狀況讓梅紓雲開始嘗受到世態炎涼，那種家道要頹敗的勢頭就像滑坡而下的巨石，擋也擋不住，而且是愈滾愈快，兩年的時間一切的優裕都被耗盡了。梅紓雲是到了二十幾歲才開始領悟到什麼叫生活的艱難。然而瘦死的駱駝比馬大，家雖然差不多要空了，然而那種多年來養成的習性卻是一時半載扔不掉的，母親寧可將壓在箱底的金條和首飾一件件抵了出去也要盡量維持住往日的生活習慣。好在沒待一切都到了山窮水盡的地步，梅紓雲就嫁了陳東平，一切又是柳暗花明又一村的局面了。陳東平的婚事完完全全是由他母親定度的，那位老太見到梅紓雲後第一句話就是：到底是大戶人家出來的小姐。婚事很順利，兩家也是皆大歡喜。陳東平要的就是這樣一個風姿綽約，讓人企羨的嬌妻，梅紓雲想到母親終於又有了一個盼頭，一個新的依靠，至於自己的心底除了新嫁的羞澀和對陳家富裕的新鮮外，真還有不少的迷惑，這真是握在手裏的富裕和一生的依靠嗎？然而這一切從心頭滑過也就滑過了，新婚的熱鬧將一切都沖淡了。

於是梅紓雲就成了陳太太，生活多少又開始如她所願。起初的日子總還是如願的，一些矛盾才露了端倪又被壓回了頭。漸漸地，最初的一層霓裳散去之後，梅才發現自己陷入了一個巨大的漩渦，有一種欲罷不能的驚惶之感。

陳東平好像是自由散漫慣了的，家中的一切規矩似乎都對他不起作用。許是自小得了溺愛的緣故，人多少是有些自私的。那種中等人家得了些橫財變成了暴發戶後是最容易患上勢利眼的毛病的。陳東平最看不得的就是梅紓雲喜歡招那些沒落的親友來家吃飯，還有就是在藥房與梅認識的病人到家裏來。別人有時是來致謝的，間或也有的人帶些禮物來，在陳東平的眼裏那自然是不入流的，聊得晚了，梅紓雲總是很熱情地招呼別人留下用飯，陳東平怨在心底臉上還得陪上些尷尬的笑。久了，這樣的矛盾就愈積愈深。梅紓雲的熱情和習性一時是改不過來的，陳東平感到自己好像已經忍到了頭，於是他就吩咐管飯的阿姨，只要家裏來了那些不三不四的人，就把好菜都藏起來。等菜上了桌，梅紓雲心裏就格噔了一下，只能抬眼望望陳東平。陳東平滿臉堆著笑招呼客人，那種熱情顯然要較往昔盛一些。望著桌上七零八落的幾個極不像樣的菜，梅紓雲感到從心底裏泛起一陣噁心，然而面上的事情總還是得留些分寸的，也只得忙著打招呼說抱歉。客人走後，陳東平等著梅紓雲來跟自己吵，而梅紓雲恰恰沒有，陳東平想的是梅一定感到了自己的不妥，並為自己的行為有些得意的快感，在心底雖然對梅也是欣賞和寵愛，在朋友們面前也很有光彩，別人總誇他有豔福，但骨子裏他還是覺得有淩駕在梅之上的優越感。因為他有錢。是他把梅從一個破敗的家中給救了出來，是他的錢滋養了她的美麗。一個好看的女人只有被一個有錢勢的男人看中了，這個男人把她攫取過來，形成了自己生活的一部分，於是才牡丹綠葉，相得益彰。梅的美麗是靠在他這棵大樹上的，少了他，梅也只不過是平凡人家的一員而已。梅紓雲想的則全然不是這樣，她之所以沒有跟陳東平吵是因為在醞釀著自己的主意，然後是變本加厲地報復，她還是一如往昔地將那些人張羅到家裏來。陳東平的克制畢竟是很有限的，於是客人散盡後的爭吵最後還是由陳東平發起的，摔碎了大大小小的碗碟，滿地的狼藉。梅紓雲倒覺得有些大快人心，她料定了陳東平骨子裏的吝嗇，她知道他心裏其實是心疼的，於是就有了報復後的快感。這之後，梅紓雲就不得不找了些藉口將那些絡繹不絕的人漸漸地擋了出去，但也沒有完全回絕，家中不能待客就明擺著只能在外面請了。於是梅紓雲再也不是二點一線直奔家中了，她開始有最正當的理由不準點回來，陳東平一開始遷怒她時，梅的一句：這還不是你逼的？陳東平只得啞了口，他總不能將妻子的手腳捆絆起來吧！

陳東平將梅紓雲娶進門以後才發現，當初實在是太小看了這個女人。他只看到了她眩目的外表，並固執地以為一個有著這樣溫柔、美麗笑容的女子，心地一定也是一泓緩溪，他想像著梅紓雲也許能像自己的母親那樣，凡事對丈夫百依百順，不張揚不喧鬧，安於家庭、丈夫、孩子，是個本分的人。母親年輕時也是出了名的美豔，然而她只將此獻給丈夫。陳東平多少帶著些這樣的期冀和梅紓雲成夫妻的。然而結了婚以後才發現他是看錯了梅，梅非但不像自己的母親那般如牆邊落定的塵埃，而是更像隨風而舞的柳絮，很難讓她安定下來。陳東平的本性中有著很大一部分的孤僻，原因自然是多種構成的。自小生活在一個與外界接觸極少的環境裏，陳東平總覺得與人交往是件鑾辛苦的事，他習慣了獨來獨往，獨自做一切應該或不那麼應該做的事，別人看他也總有些距離。父母的感情不太好，在他的印象中，父親好像總是很忙，有很多的應酬。陳東平自小是在母親加倍的呵護下長大的，母親對他到了溺愛的地步，所以陳東平對女性有種天性中的依賴感，他對女人已經注入了很多美好的幻想，希望被女人崇拜、照顧、愛憐的願望是較常人勝一些。愛過了頭就會失了分寸。對異性陳東平是從心底裏騰升出愛慕之情，然而這種感情愈盛就會愈使人變得苛刻，陳東平將想像的兩人生活帶到日常生活中去,而且他要成為這種生活狀態裏的絕對權威的念頭好像是不容置疑的。陳東平最喜歡的是每天的清晨，家裏的一切都是靜的，梅有晚起的習慣，他望著家中的一切和梅臉上的細細軟軟的絨毛感到從心底的滿足，一切都是屬於他的，只有那麼一小會兒他感到從心底裏溢出的安寧和富足。當塵埃隨著新的一天的到來重又張揚起來的時候，他的心便一點又一點地虛了起來，好像所有的東西都搖晃了起來，一切都變得不牢靠、不真實起來，而最讓他心頭不能安寧的就是梅紓雲。

梅紓雲也是從心底裏依戀著陳東平，最起碼開初的時候一定是這樣的，並且維繫了很長的一段時間，只是彼此生活中一些不相融合的細節冒了出來了之後，梅開始有些失望。她本是一個對生活存有比常人高得多的期望的人，也一直以為自己是可以做得到的，所以失望的起初使得她變得有些不可自持地焦灼，慢慢地這樣的端倪越來越多，也讓她對完美的境界徹底死了心，她倒也就安了些心，畢竟日子是要一天天過的。母親倒是經常安慰她要知足，嫁了個家境殷實的人家，一切都還算如願，女人的心是不可以太浮的！

梅紓雲已經忘了很多和唐文皓二十幾年來朝夕相處的日子中的細節，然而第一次與唐文皓見面的情景卻還是清晰如昨日。

唐文皓是到藥房來給女兒配藥的，藥房裏的人多，晃來晃去的。唐文皓也不急，拿著方子靠著牆邊站著。梅注意到有人在注視著自己，她是習慣了被人注視的，可這一回她覺得那種注視灼得自己的臉頰有些微微發熱。她順手去理了一下耳邊的捲髮，依舊是沒有抬頭，下意識地將動作、聲調都置於一種拘謹的狀態，然後她再抬起眼的時候看到了站在一旁的唐文皓。梅看到唐文皓第一眼的時候心底裏就騰升出一種似曾相識燕歸來的感覺，那種儒雅斯文的氣質是她在心底裏，尤其在少女時代思量慣了的，現在就明明白白地擱在眼前，竟然與想像中的這麼吻合絲毫沒有偏差一般。而鏡片後的那種神情是溫和中帶著極端的抑鬱、悲愁的。這個年頭，梅紓雲遇到太多這樣不幸福的人們，而眼前的這個人的悲哀似乎是到了頭，否則不可能會是滿臉的死灰色，然而他的沉靜也是那樣的不同一般，好像是一襲無法言喻的空間，縱然裏面融匯了太多的故事也照樣是波瀾不驚。唐文皓很有禮貌地朝梅紓雲微微前傾了一下，然後遞上一張平整的方子，梅照著方子看了一下，發現有兩味藥外面的小櫃子裏都沒有。照平常，她就會吩咐旁人去裏面藥庫拿，她這個主管就不用跑腿了。可這一次她沒有，而是招呼唐文皓到藥櫃裏面的一個休息室先坐著，自己親自起身到裏面去拿。找了好久才將藥配齊，又分好配齊再逐一打包，等她將一摞藥紮好提到休息室的時候已經過了好一會兒。唐文皓忙著起身致謝，幾乎有點不知所措的樣子了，像是鞠躬，但又好像不很深的那種，一疊連聲的「謝謝」。因為靠得近一些，梅紓雲注意到了唐文皓身上那件中山裝，其實已經很舊，領口那邊有一處好像已經漏了線腳，但是洗得非常乾淨，將一件舊衣服洗得褪了色泛了白，左面的上衣口袋裏還插了支鋼筆。

唐文皓是被人冷落、奚落慣了的，起初進藥房的時候，他就注意到了梅，他只覺得在這樣一個處處讓他灰心甚至死心的年代裏還有這樣一張生動柔美，眉宇之間存有幸福感的女人的臉實屬不易，讓他不由自主地有一種被溫暖了一下的感覺。他是站在旁邊注意了梅好一會兒，她舉手投足間的落落大方，那種溫和的態度、靜美的微笑都給人一種如沐春風的和熙。更沒想到的是她會親自給自己到藥庫裏去抓藥。他想到了那個叫做「美」的字。

唐文皓一邊致謝，一邊還對梅紓雲說，自己的兩個孩子身體都不好，以後還免不了要來麻煩她，梅說，這又有什麼關係，彼此寒暄著告別了。唐文皓走了以後，梅特別留意了一下那張藥方的存根，上面有唐文皓的名字和家庭地址。「唐文皓」，梅在心底默念了好幾遍這個名字。

梅後來有一段時間倒是常希望能在藥房裏再看到唐文皓，轉念一想又覺得自己好笑，若有人來藥房必是家中有人病了，哪有盼著人家生病的道理呢？一晃兩個月過去了，唐文皓的影子也沒有再出現過，梅總覺得心裏有一塊東西懸擱著，不上不下就這樣空落落地吊著。立冬過了以後，天氣迅即冷了下來，幾場風颳過以後已經是一片冬瑟了。藥房裏倒是更為忙碌起來了，每逢這個時節總有不少人來配一些補藥以作調理之用，上了年紀的人也容易生病，所以梅紓雲要比往昔更為忙一些。越是忙的時候思緒中的留白也越多，梅開始擔心唐文皓是不是生病了，她估算著上次他來配的幾服藥早應該吃完了，那種向來樂於助人的個性這下又抬了頭。正好藥房裏進了一批上好的蜂蜜和銀耳，梅還記得唐文皓上次說過的，家裏兩個孩子的身體都不好，正好蜂蜜和銀耳能有用，於是擇了個稍得空閒的下午，早早地離了藥房，按著上次默記下的地址尋了過去。

唐文皓住的是一幢老式的公寓，只是被分割成多戶人家後變得有些不齊整。唐文皓的房子是這棟樓裏最好的兩間，兩間朝南的大房間，落地的窗和木飾的牆是搬來之前就有人裝飾好的。用四壁空空來形容也許還不準確，房間裏有太多的書，因為沒有像樣的書櫥就堆得四處都是，書從地板上直愣愣地豎起，倚在牆角邊，安靜地如睡去了一般。除了成堆的書以外只剩兩張床，一張寫字檯，一張桌子，一個書櫥就再也沒有什麼了。也許是由於這種公寓房間特別高的緣故，梅感到特別的空蕩，在那種空蕩裏有一種讓人難以言喻的慘淡。梅進房的時候，唐文皓正躬著身拖地板，門是敞開著的，梅幾乎是不請自進，有一扇窗戶也打開著，風橫穿過整間屋子顯得有些肆無忌憚，在這個初冬這樣的風顯得有些冷。唐文皓根本沒有在意到背後已經站了一個人，梅倒是很安心地站在那裏，她看到唐穿的一件毛衣的背後已經有的兩個洞，有一些漏出的毛線斜掛在一旁，慘白的牆上掛著兩張照片，一張是唐文皓和一位女士的合影，一張是那個女子的遺像，黑框中有一張有著溫柔笑靨的臉。梅心裏吃了一驚。

但也很快轉過神來。唐文皓驀然的轉身使得大家都覺得有些突然。

怎麼是你?梅——梅醫生。

哦!我——

梅紓雲被他這一問倒是頓時窘迫了起來，那種從容一下子不知躲哪兒去了。唐文皓開始意識到自己的唐突，一邊忙著放下手中的拖把，一邊忙著招呼梅坐下。

上次你來配藥的時候說你兩個孩子身體都不好，正好店裏進了一些新鮮的蜂蜜我想也許你用得著，做我們這種工作的常是要惦記著來配藥的人的，你不用放在心上。

這怎麼好，那真是太不好意思了。

唐文皓開始覺得自己不好意思起來。這是完全出乎自己意料的，然而他倒並沒有覺得太過驚奇。他覺得在心底和梅紓雲好像已經有些熟稔，想和她見面的願望在這段時間裏也常常湧上心頭，但卻沒有什麼機會。前些日子的一個午後，唐文皓正好有事路過那家藥房。他甚至至站在藥房外看了梅紓雲一會兒，但又恐被察覺很快就走了。回來以後還有很多的自責，覺得自己太過荒唐。這些年來，他覺得自己的心幾乎是死了一般，只有孩子像兩個巨大的輪子迫使他不得不往著生活渺無盡頭的前方前進，而屬於自己的生活是徹底地失落了，起先的時候他也有過很多的愁苦、遺憾甚至悲憫，久了，發現這是無法逆轉的事情，心也就一點點涼了下去直至滅絕了所有的願望為止。然而那一天他見到了梅紓雲，他有一種心頭為之一震的感覺，梅的主動熱情更是給他留下了深刻的印象。所以在他的心底總覺得一定會和梅再見一面的，只是何時何地是未曾想過，也許只有藥房了，可唐文皓沒有錢，為了上次給女兒配藥已經是省了一筆錢，再說已是不需要那麼多的藥了。梅今天的來訪是他生活中的意外，卻也是心底裏的契合。

梅紓雲看著唐文皓一副手足無措的樣子覺得不好意思起來。想想也沒有什麼事就有起身告辭的意思。一杯熱茶才送到梅的前面，梅紓雲就站起來說要走了，唐文皓顯然是更失了分寸，忙著從擱在床邊的那件洗白了的中山裝的上衣口袋裏去掏錢。

唐先生，你不用客氣了，就當我給孩子的，這點東西實在算不上什麼的！

那怎麼好，我怎麼好意思？

唐執意要將一張紙幣遞給梅紓雲，並且說改日要到藥房裏來當面致謝。那種樣子，謙恭得有些讓人覺得不自在，然而在唐文皓那邊卻全然沒有做作的意思。唐文皓一邊說著一邊送梅出門，梅紓雲趁著唐文皓轉身的那一瞬間，悄悄地將紙幣擱在桌邊。唐文皓就送著梅紓雲下了樓梯，路過底樓廚房的時候，梅感到了一種異樣的側目。這個時候已經要到了黃昏，底樓的廚房是公用的，家家都在忙著準備晚飯。梅婀娜的身影從油煙間穿過就像是留下了一個驚嘆號一般。梅紓雲注意到了此時的唐文皓，耳根處已微微泛紅，在巷口辭別後，梅一個人騎著車回家，今天她沒有像往常那般急急地趕，而是騎得很慢。初冬的夜風有時也是溫和的，至少今晚的風如此。

梅紓雲和陳東平還是不緊不慢地過著細碎的日子。殷實的日子往往最會容易滋生一些虛浮、誇張且莫名其妙的念頭的。當生活中的瑣碎、煩惱都安頓好了之後，生活反而會顯出一些慵懶的氣息來。而一個心氣極高的女人是最受不得這種平庸的——其實她也許更受不了那些為生活境遇苦苦奔波的愁苦，然而此刻她被一種優裕的平庸糾纏著的時候，心中生出的不滿是很甚的。至於其他，她是想也沒想過，生活也不需要她想這麼多。

梅紓雲越來越從和陳東平的關係中體味到一種涼意。她少女時代渴望的轟轟烈烈的愛情從一開始時就註定了徹底的失望，從未發生也無所謂毀滅。於是，彼此都變得苛刻起來。梅紓雲有的時候看陳東平，覺得他真是不像大戶人家出來的，衣著之不整讓人難以忍受。梅勸了陳東平好幾次，要盡量注意衣著打扮，至少要整潔文雅一點，可陳東平是隨便慣了的，自小就沒有人束縛他，他想怎麼穿都可以，又少了讀書人的彬彬有禮，所以無論是衣著還是行為，在陳東平這裏都是不能用規矩兩個字來談的。梅是極注重妝扮的，所以她不太願意和陳東平一起出席一些場合，她覺得那種不自在是如此強烈地纏著自己。偶爾有一天的清晨，她還在床上，半睡半醒的時候，她看著陳東平又是胡亂地抓起一件外套，褲腳一高一低趿著雙球鞋出門的樣子，她的腦海裏瞬間閃出的是唐文皓那種衣著整齊到了拘謹的樣子：那件洗到了褪色的中山裝，和那件灰色的毛衣，雖然已經漏了線，還有袋口那支鋼筆。那一幕飛快地從腦海裏閃過的時候，梅覺得自己的臉頰有些微微發熱，這種感覺像是久違了。窗戶那種嬌嫩的晨光射進來，輕拂在她的臉上，她閉著眼睛享受著那種柔和，心中的那一刻是顯得恬靜如微醉一般。

梅紓雲有點意識到自己如墜入漩渦一般。唐文皓的影子像是陰魂不散地繞在周圍，讓她有一種坐立不安的感覺。然而這種感覺也不讓她驚惶，至少覺得在心底裏好像也是熟稔的，她總覺得這個人好像與自己沒有太多的陌生。近來，梅在配藥的時候經常犯錯，不是少配了一味藥就是配重複了一味藥，常常是搞得手忙腳亂。這種事情發生在梅紓雲身上就顯得有些不合常理，梅是藥店裏出了名的快手，眼快、手快且很少出錯，同事們倒也有幾個來問，是不是近來身體不舒服，梅只能編了些理由搪塞過去。梅紓雲站在櫃臺裏面，常常會不自覺地停下來環顧四周，尤其是盯著唐文皓上次來時倚的一角看，她那種莫名的盼望一直在心中燃燒著，然而現實的情況是一直未如她的願。梅紓雲反覆想起那張掛在牆上的遺像，那張有著柔和溫婉的笑意的臉，那是她的妻子，她死了，一定是這樣的！那麼，現在的他的近況到底是怎樣的呢？他妻子去世多少年了？他？梅覺得有一連串的問題在身後如浪潮般一陣接一陣推著她往深處想，有一種欲罷不能的感覺。和陳東平在一起的時候也時常如此，好在陳東平是那種極度不敏感的人，任著梅紓雲的思緒早已飄到十萬八千里遠了，他也是絲毫察覺不出來的。當梅的心裏開始騰升起這種如沐春風的，靠假想時節製造出來的暖意時，她的言行也不由自主地變得溫柔起來，這也是陳東平所歡喜的。他覺得近來的梅紓雲更符合他理想中的陳太太的形象，每天準時歸家，一個人坐在床邊看書或是織毛衣，陳東平隨意地聽聽廣播，跟著廣播哼些京劇，他們很少說話，但只要梅這樣安分地在身邊，陳東平感到從心底裏的滿足。

梅紓雲和陳東平有個孩子叫陳亮，才是四五歲的小孩，由於一直是寄放在鄉下由當年陳東平的奶媽撫養，故而和父母親的感情不是很深。當初，是陳東平的母親提出來把孩子送到鄉下去寄養的，一來考慮到梅是當慣了大小姐的人，不太會照顧人，二來是想到那個奶媽帶孩子很有經驗，還有就是梅紓雲和陳東平都要上班，陳東平的母親的身體也不好。梅紓雲對這個孩子起先也是有著很濃烈的愛的，然而她發現自己終究是個不常性情的人，連當母親的這種熱情都會漸漸從心頭褪去。陳東平對孩子倒也是歡喜的，只是他永遠就是那副隨隨便便的樣子，所以旁人是很難察覺出這孩子對他的重要性的，其實陳東平對兒子愛的濃度的確是要更勝出一籌。梅紓雲發現自從嫁進了陳家，自己的熱情就被打成了各種各樣的碎片，很難再有大片的完整的感情衝動，看著兒子，她感受最強烈的一點就是：自己在不知不覺中已經結婚六年了，六年想起來好漫長，二十歲時剛結婚的樣子彷彿就在不久遠的昨天，一晃那麼多年過去了，也不知怎麼地就過了那麼多年。回頭想想，生活好像沒有什麼大的改變，再仔細想想，又好像一切都改變了。兒子的存在，就是證明了她這幾年生活的軌跡。

這個冬天過得沉寂而冗長，對某一場景的想望被季節嚴實地捆綁了起來，彼此的不相逢就使得本來還有些鮮活的枝幹被嚴寒抽乾了汁水，變得乾枯起來。梅紓雲還保存著少女時代那種臨窗而立的習慣。孩子又送回鄉下以後，在陳東平還沒有下班，她卻已早早到家的時候，她會在窗前站一會兒。透過那扇落地窗望出去是一條僻靜的街，有的時候暮色已經掛下來，梅可以看到有戀人相倚在那些樹下說話，有的時候梅其實什麼也沒看見，僅是人站在那裏，放眼望去，收進來只是一片空白，安靜對於她而言也成了種享受。

唐文皓總像是在和生活這位無形的巨人進行著拉鋸戰。他之所以還沒有被拖累至死，絕對不是他的強大，而是應證了眾人所言的那一句——「上蒼有眼」，是生活憐憫了他。這些年來，這種不死不活的生活狀態維持了那麼多年，已經將唐文皓從最初的那種絕望和悲愁中拉了出去，取而代之的是一種持久的折磨，如同粗大的麻繩在礪石上來回輾轉一般。唐文皓覺得自己已經變得有些麻木了。在別人的心目中他絕對是一位稱得上典範的父親，在兩個孩子唐杰和唐雯的心目中，自己的父親自然是最好的。

唐文皓是知識分子，知識分子自然是退不了讀書人的本分。所謂萬般皆下品，唯有讀書高的，這觀念總還是在的。所以，在唐文皓的心裏有一種信念的支撐：無論如何要培養兩個孩子上大學，再苦再難只要捱到那一天就算是對自己有個交待了。那是一個知識被踐踏的年代，唐杰和唐雯都沒有到正規的學校去上學，靠的是唐文皓的教誨以及自己看書，唐文皓覺得即便沒有學校上課也不要緊，只要有書看就好了。為了照顧孩子，唐文皓在最拮据的時候甚至賣過血。冬天太冷的時候家裏沒有什麼取暖設備，孩子們坐著看書久了腳就發麻發冷，唐文皓就把他們的腳放在懷裏取暖。即便自己再省也要盡量給孩子吃飽穿暖。在唐杰和唐雯的世界裏，父親是絕對的權威，維繫在他們之間的不是一般的父子、父女之情，而是一種相依為命、捨棄任何一方都將會是滅頂之災的感情。唐杰和唐雯在對父親的依戀裏帶著過多的尊敬，以至於失卻了普通孩子的那種在父親面前的無拘束，敬重中帶著些許畏懼，這畏懼倒也不是通常的懼怕，是早熟的孩子覺得欠了父親太多，久了就是一種壓力，藏在心底的深處，不時會有負重感。一旦覺得稍有不懂事的地方惹了父親生氣，這種敬重中帶著畏懼的感情就會升起來，是怕父親傷心，怕給他惹來更重的負擔。

這一年是全國恢復高考的第一年，唐杰和唐雯在別人都荒廢的年代潛心讀書的功夫總算沒有白費，雙雙考上了大學，這實在是給了唐文皓一個莫大的欣喜，也證實了他的高瞻遠矚。然而歡喜過後是一種近乎絕望的心痛。兩個人考上的都是外地的大學而非本市的大學，一筆數額不小的學費、生活費和路費讓唐文皓一籌莫展。本來已是一貧如洗的他真的是不知如何面對眼前的困境。想找人述說卻也不知找誰，腦海裏流水一般地淌過些朋友，可很快就溜走了。驀然間，他想到了梅紓雲，就在想到這三個字的一瞬間，唐文皓感到有一種安全感，甚至有一些暖意在心中騰升起來。

再度的相逢還是在藥房裏。

快要到下班的時間了，唐文皓出現在店堂裏，依舊是洗到了褪色的中山裝，人好像更憔悴了些。梅紓雲怔了一會兒，眼看著唐文皓迎上來，倒覺得有些恍惚。她是很久不想的了，忘是沒有忘，仍擱在心底，只是不常記起罷了。藥房裏的人逐漸散去，唐文皓和梅紓雲也一起退了出來，兩個人一起沿街走著，梅的車推得很重，聽著唐文皓很吃力地將那些欲言又止的話大致說清了，心裏感到很壓抑。梅立刻想到的就是怎樣幫他，心裏盤算著，嘴上一時不知如何開口，怕傷了唐文皓的自尊。一個久違了的重逢就這樣輕描淡寫地過去了，它的全部意義都是為了以後，對於今天而言，唐文皓潛意識裏一種渴望，那就是點燃了一份幾乎要湮沒的情意，一切的一切都將重新開始。

梅頓時感覺到生活有了新的熱望，她終於在死水一潭的日常生活裏找到了一個興奮點，可以糾集起身上所有的興奮去做一些事，而這些事又是為了唐文皓，心底裏有些隱隱的滿足。梅想著如何幫唐文皓出主意，至於需要用的錢是早準備好的了。她想對唐文皓說：就讓兒子唐杰去念大學吧，總得留個孩子在身邊照顧，把女兒留在身邊總是比較貼心的。這種籌劃就無時不刻地縈繞在她的腦子裏，甚至當陳東平與她親熱時，她都不自覺地走神，她好像雲絮般輕乎飄走了。

梅把要給唐杰出遠門的東西以及所需的學雜費一併交到唐家時，唐文皓倚在桌旁的那張凳子上，臉色蒼白，手依舊有些微顫。

老唐，不是我不想幫唐雯，我是想你應該留個女兒在身邊照顧你，我看她在這兒念中專也挺好。

唐文皓的嘴角動了一下，手拽著梅的胳膊，一個字也未吐出來。

你到底覺得這好不好，要是你還想讓唐雯走也可以，這點忙算不得什麼的，我只是想你要多想想自己，照顧自己。

唐文皓感到全身的力氣彷彿頓時被抽去了一般，連說聲「謝謝」的力氣都沒有了。

梅，梅——梅——

梅的手握住他的，瞬間的溫柔也只做片刻的停留，一切回復了常態。唐杰和唐雯踏著樓梯回來了。梅紓雲也不知是怎樣昏乎乎地從唐家退了出來，但是她明顯地感到兩個孩子對自己的警惕、懷疑甚至排斥。唐文皓對唐杰說，是這位阿姨幫了大忙，唐杰的臉上好像一時也沒有太過欣喜感激的神情。唐雯的那種敵意更為明顯，一個陌生的女子的來訪不僅使她疑惑而且使她不安，而且梅的風度、舉止給了她一種侵犯的感覺。唐雯自覺年輕可愛，只因現實的束縛使得她無法展示自己的美麗，那種本能的同性的忌妒也在她看到梅的第一眼便就萌了出來。

梅從唐家走了出來，人感到心裏像被挖出了一塊似的。這僅僅是兩個孩子那種詫異、驚懼甚至排外的神情給了她一些莫名的壓力，甚至有些隱隱的委屈。唐文皓送她出來時說：「真的不知道該怎麼謝你。我也想把唐雯留在身邊，她的身體很不好，讓她到外地去念書我實在不放心，這筆錢不是小數字，我——我一定盡快還你——」梅紓雲沒說什麼，她覺得什麼也不用說了，幫他了了一個宿願總是好的。

唐杰離家赴西安去念書的時候，梅沒有去送，卻是買了些過冬穿的衣服給唐文皓，讓他給唐杰帶走。唐文皓已經習慣了在梅的面前不再一疊連聲地道謝，這是一種默契的開始，一種由疏到親的過程。唐文皓覺得近來自己的胸中常常塞著各種各樣的感情，這種狀態好像已經很久沒有過了，孩子的遠行挑起了他的牽掛和難捨，對梅紓雲更是日日記起，心中一團亂麻難以消解。以前那種麻木的，只為了謀生而存在的生活好像瞬間就被打碎了，那種湧塞在心中的東西就這樣停滯在那裏，讓他無法平靜，又暗自湧動著一種莫名的興奮和期冀。家中少了一個人，空蕩蕩的兩間屋子留下了孤單的一對父女，那種冷清的感覺就較往日甚多了。女兒長大了，可談的話好像反而少了，父女之間在感情上的靠近和在言行舉止上的疏離越來越不成比例。唐雯也覺得不習慣，往日哥哥在，總還是有一個可以談天說地的人，現在哥哥走了，寂寞感便有點無從排遣。對於這一次沒能去上大學，唐雯心中留下的遺憾是無法彌補的，但家裏的情況是明擺著的，父親身體也不好，理應是有個孩子留在身邊照顧的。可唐雯心裏總是覺得不甘的，哥哥這次赴外地念大學一定和家中遇到的那個漂亮女人有關，父親也說是她幫了大忙。可她，為什麼只幫哥哥不幫我呢？為什麼不能是哥哥留下來而偏偏是我呢？怕是這個漂亮女人的作用罷。唐雯對梅的最初印象是驚懼中摻雜著欣羨，疑惑中夾雜著排斥，現在在感激中也有了些許埋怨。於是父女兩人都憂心忡忡，心事重重。彼此默不作語地度過每一天。屋子的角落裏也有那種沉寂中顯得蒼涼悲戚的氣味。

梅紓雲想的是怎樣能幫唐文皓和他的兩個孩子。她發現只有在面對唐文皓的兩個孩子時，她的母性才會挖掘出來，那是不自覺的自然流露，而對自己的孩子陳亮卻好像從來沒有這樣盡心盡力過，也沒有那種多般思量的無微不至。梅原先覺得自己不正常，天下不該有母親對自己的孩子沒有熱情。現在她有些明白，也許是和陳東平的感情太冷漠，故而她也沒有太多的感情對陳亮，這種冷漠已經鋒利到連最基本的母子之情也被磨損掉了。自己好像還是個正常的女人，對孩子還是有天性中的一份關愛。究竟是什麼產生了這樣的動力，梅也是知道的。她的心底突然陡生出一些愧疚——就是對兒子陳亮的。於是，她跟婆婆提了，婆婆就囑咐了人把陳亮從鄉下送了上來，梅是醞釀了很多有溫情的情緒，甚至連一些細節也都想好了。兒子長得像極了陳東平，人也機靈可愛，可看到梅時就像是有天性中的陌生與害怕，反倒和陳東平有些骨子裏的親密無間。孩子眼裏的母親實在是太過陌生，他在鄉下住慣了，看多了那些穿粗布衣服不著修飾的婦人，梅是精緻的，平整的衣服是不可以隨意拉扯的。而梅見了他，每次都要埋怨鄉下的奶媽，說是把孩子弄得這麼土氣，總是要裏裏外外給孩子換上一套。陳亮覺得母親是有距離的，在梅的面前，他要收斂起往日的任性隨意，他要裝得非常乖巧的樣子，然後才能博得母親的歡笑，梅才會把他抱過來，親他逗他玩，才會開心。

然而，連梅也覺得和兒子之間彷彿總像是隔了層什麼，她看到陳東平衣衫不整的樣子拖著兒子上街，去吃一些不乾不淨的零食，教孩子一些不入流的市井話，心中就會有怨氣，那種父子間的親密也隱隱觸痛了她，自己費了那麼多的力生了一個兒子，倒是像為別人添置了個寶貝。在陳家，梅永遠像是游離在外的，無論是陳東平還是陳亮都與她密切相關卻都又離她很遠，至於她的歡喜和愁苦是沒有人來體恤的，兒子太小，而陳東平永遠是不會知道女人的纖細情感，梅只是將生活都看得淡了起來。唐文皓的出現改變了這樣的情況，梅不知道究竟是為了什麼將自己深藏的愛、體貼、關心都一一挖掘了出來，她根本不求任何回報。只覺得生活是不公允的，給了唐文皓太多太多的艱苦，而那樣一個老式本分踏實的讀書人是不應該受那樣的罪的。梅想著要去幫他，包括幫他的孩子。她管不了那麼多了，平靜得令人窒息的生活已經讓她厭煩，甚至已經有無法改變的絕望了，於是她的熱情就轉移到了唐文皓這個人和他一家的窘境上，那種惠助他人的過程讓她有一些成就感，而那些少女時代對異性的幻想和一些夢的殘片在唐文皓的身上又可以隱隱地找到一些歸依，所以這一次梅是很投入地做，用心，用神地做，非但沒有覺得有任何的辛苦，反而是覺得讓自己開心了起來。

梅紓雲去買了兩斤毛線來。灰色的，全毛的那種。費心地去織一件毛衣。她想到上次看到唐文皓穿的那件破毛衣，估摸著唐文皓的身材籌算著尺寸，一針一線地織，將一些愁慮和難言的情懷一併織了進去。陳東平是漠然的，他只要梅按時回家，至於她在小房間裏做些什麼他是不會問的。他也不會說些甜蜜的話哄梅開心，那種夫妻間的歡愉他倒也不常想，家庭生活的安靜才是他最要的，他只要梅每天按時陪他吃晚飯，每月準時問他拿些零花的錢，伺候好他日常生活中的替換衣服就可以了。那種他是這家主人的感覺一旦被滿足後，他就覺得一切都好了。

等梅紓雲以最快的速度將那件毛衣織好了以後，她開始有些不好意思，也不知怎樣將它送到唐文皓的手裏，那種起初的沒有任何思慮的興奮好像都在一針一線中織完了。唐文皓的出現解決了這一問題。唐文皓上下班是必經梅的藥房的，於是有空就特地來藥房與梅見見面，說說唐杰在西安念書的情況。梅織的那件毛衣很自然地遞到了唐文皓的手裏，那聲「謝」字說得很輕。下次見面的時候唐文皓就穿了它，倒也是非常合身，人亦顯得很有精神，這又怎是一個「謝」字可以了得的呢？

梅紓雲留下了唐文皓單位的電話，唐文皓也留了梅的電話，大家又說了大致的工作日程，所以聯繫起來就顯得方便多了。梅時常買些進補的藥給唐文皓，每個月要寄給唐杰的錢也總是會準備好的。唐文皓知道自己承受得太多，也不知怎樣回報才好。他知道梅喜歡看書，就常把家裏的書帶一些給梅，通常是上班的時候騎車路過時就帶來，唐喜歡邊看書時邊寫些筆記，梅拿著這些書回去後看得最多的反倒是唐在書裏記的一些隨感。與唐文皓聊得久了才發覺有一種欽佩感，原來這一介書生胸中藏著那麼多的知識，這使得梅常常是不自覺地回到了少女時代——那些早已久遠的夢的碎片。唐文皓越是有著不合時宜的謙恭、儒雅和禮儀，就是越接近梅紓雲心目中的那個恍惚飄搖的影子。梅是不自覺地想靠攏，起先只是心略略地動了一下，既而想要控制住自己的手和腳。後來是唐文皓在百般無奈中的求援使得梅突然意識到了自己的重要性，手和腳一併在慌亂中使上了勁，心思也是早就從家裏飄走了。到了如今，牽上的幫助唐文皓的線是斷不了的，心已是早就搖晃了起來。收不了自己的手腳又無法管住自己的心，梅覺得自己有些在漩渦邊一般的不能自持，然而卻沒有絲毫的惶恐，反倒是難以按捺的興奮。

這樣的交往開了頭便好像沒有收尾的了。唐文皓為終於找到一個可以傾心相述的人而感到高興。於是這些年來所受的種種辛苦和委屈一下子翻騰出來，許是積聚得太多，俯首拾來皆是感人肺腑的細節。梅越聽越是覺得生活的不公允，感動之餘就是給予更多的惠助。唐文皓在她的心目中頗有些「落難公子」的味道，然而那些戲裏的公子們都會遇到富家千金，然後有的是私定終身。才子佳人的續篇到了自己這裏，唯剩的只是生活的況味而已。

等到陳東平覺得梅紓雲近來好像是有什麼事攪得失頭緒的時候，梅已早是被自己的千種思慮攪得心頭無比憂煩了。陳東平只是很潦草地問了一句：近來怎麼下班總那麼晚啊？旁的就沒有什麼了。至於要關心一下梅的身體或是進一步的詢問是沒有的。梅紓雲在猛一聽到陳東平這一問時有瞬間的心慌和不安，一時不知怎樣答比較好。然而陳東平的潦草將一切都帶過去。梅覺得他只是不經意地問，這麼多年的這種不經意積累如山壓得人都快麻木了。從這一天起，梅開始學會了說謊，並且這種說謊沒有給她帶來更多的難受，那個謊言構築的過程就像一個巨大的誘惑，給梅帶來新鮮、刺激甚至和幻想中的世界有合二為一的感覺。

梅拿出了身邊的錢為唐家去添置一切，她做得很投入很細心，完全忘了應不應該這四個字。甚至覺得這好像是平生第一次去操持一個家。女人的本性中都是有著一些構築家的願望，那是一種實現心願的過程。在初嫁入陳家的那麼幾年裏，梅的這種本性中的願望被擱置了起來。有能幹權威的婆婆，有占據一切的丈夫，梅只是一件漂亮的擺設而已，到處插不上手。到後來，等到日常生活的序幕拉開，那些最瑣碎最讓人煩心的生活細節粉墨登場時，梅已經失卻了本來就不夠的熱情。對丈夫的熱情起先就不夠濃烈，一旦進入生活的正軌，那種最原本的一些美好願望就一直擱置在那裏，直到漸漸隱退了過去。然而本性中的東西終究是不會改變的，只是沒有合適的機會給它發揮而已。梅在唐文皓的身上找回了那種熱情，那個家徒四壁的空間又給了她施展的餘地。梅這一次是極為傾心地投入。

梅用自己丈夫的錢去為另一個男人默默地做著一切。唐文皓起先還有著本能的抗拒，那是出於男人本性中的尊嚴。然而梅做的不留痕跡，體面得很，總是能夠讓彼此找到消解這一敏感問題的藉口，而且梅總是盡量將彼此交談的內容往一些遠離日常生活的問題上靠，譬如談一些唐文皓熟稔的歷史學和文學的話題，一方面是遂了梅的心願，那是她久來的渴望，是與陳東平在一起永遠也無法得到的，再則是梅的用心良苦，她想讓唐文皓依舊能夠有一種尊嚴感，她想讓唐文皓知道她是崇拜他的，儘管他現在落魄到一無所有，可依然還有著讓人無法企及的地方。梅的心就這樣火燒火燎地翻騰著。每一次的會面她都是精心安排，既要不留痕跡給陳東平一個答覆又要給唐文皓一個大方得體；每一次的交談她也是格外留心，既要給唐文皓一個安心舒心又要給自己從容溫暖。梅像是在飛速旋轉的陀螺上含著靜美開放的花，居然是高度的技巧和絕美地揉和在一起走完了很多個平淡的再平淡不過的日子。唐文皓是看在眼裏，心裏早已不是先前湧動著的感謝了。男人對女性的愛慕、渴求以及覓得知己的狂喜早已在心頭撩撥起來，甚至這裏面還有一種無言的依賴，生活重新又找到了它的重心，那種彷彿有微明的光在冗長黑暗的甬道上閃爍的驚喜讓唐文皓愛惜到不敢輕易地動一步，生怕有一個閃失就將眼前的一切美景都徹底打碎了。愛的復活就像一股股熱流從心尖上淌過，有些微的灼痛也有深徹骨髓的暖意。唐文皓想著法子能見到梅紓雲。藥房是一個太顯眼的地方，互相要依靠幫助的事也都是得各自回去做的。唯剩的只有是等到梅下班，兩個人繞著華山路推著車走過那一段安靜的街。那層隱隱的面紗沒有挑破之前，彼此都是克制而含蓄的。就像彼此都站在一個十字路口，眼前盡是紛亂的車流和人流，兩個人都有點想闖過去的念頭，但手和腳卻都像被綁住了一般，兩個人並肩在一起卻沒有握手，是有著咫尺天涯的無奈的。

日常的生活還是要進行，唐文皓在冬天到來之際上西安去看了兒子唐杰一次。梅紓雲買了些日用品和零食，又帶了兩套過冬的衣服讓唐文皓帶去，信封裏還塞了三十元錢。唐杰好像是要比在家時瘦了，唐文皓看著隨身帶著的一盒點心被唐杰風捲殘雲般地嚥下，眼角開始有點潮濕。唐文皓覺得虧欠了孩子太多，這麼多年來除了督促孩子發奮讀書之外所能做的很有限，兒子都念到大學了，唯一的一套像樣的衣服還是唐文皓的一套舊中山裝改過的。唐雯已到了亭亭玉立的年紀，可卻沒有出客穿的衣裙。平時家居吃的都是粗茶淡飯，逢年過節時候才勉強吃得好些。很多年前，唐文皓就是這樣與孩子們廝守著過的，孩子們從來沒有埋怨過，唐文皓知道生活的慣性讓大家都忘卻了抱怨。本來這樣讓彼此都忘卻了淒楚自憐的生活也許就一直這樣延續下去了，可梅紓雲的出現將這一切都打上了休止符。唐文皓從麻木中清醒過來，回首間愈加感到這些年的困苦，真不知是怎樣咬著牙挺過來的。

爸，那位梅阿姨還好嗎？

哦，挺好的。

你告訴她，等我畢業後工作了我會回報她的。

哦——，唐文皓已經覺得這個話題再談下去會出現令人尷尬的場面。

小杰，妹妹說很想你，盼你常給她寫信。唐文皓扯開了話題，又隨手幫唐杰整理凌亂的床鋪。

爸，妹妹和你處得好嗎？

唐文皓的手停了一下，畢竟是自己的兒子，太了解這個家了。他和唐雯的關係起了微妙的變化，原先和睦、親密無間的父女關係自從梅紓雲的出現和唐杰的離家赴外地求學之後就改變了，變成有些說不清的尷尬。唐雯對梅紓雲顯然有著本能的敵意，只是出於梅資助了唐杰念大學才勉強克制住，然而那種排斥感隨著時間的推移越來越明顯。唐文皓感覺到了，便盡量注意，不在唐雯面前提到梅。然而他穿上了梅給織的毛衣，新添了家用設備，就連平素的家常菜也有了明顯的改善，這一切不但沒有博得雯雯的喜歡，反而使得她更為惱火了，只是沒有發作。梅給雯雯織了件毛衣，託唐文皓帶給雯雯，唐文皓沒有直接交到雯雯的手裏，而是放在了雯雯的床頭，希望通過這種無言的默契能有一日看到雯雯穿在身上，然而唐文皓的希望落了空，雯雯非但沒有穿而且是原樣未動地擱到了唐文皓的寫字檯上，沒有一個謝字，這個話題在沉默中開始也在沉默中結束。唐文皓更不好意思還給梅，就偷偷地塞到櫃子的底層。

看到父親有點怔住了，唐杰便停住了話題，爸——我會寫信給妹妹的，你讓她放心念書。剩下的兩天父子倆就再也沒有提過和梅有關或將會涉及到梅的問題，唐杰感到有父親在身邊的日子是多麼讓人溫馨，唐文皓為了省錢晚上就和唐杰擠在一張窄窄的單人床鋪上，兩個大男人使得那張小床顯得很擠，唐杰卻覺得很幸福，好像又回到了孩提時代為了取暖，父親將自己的腳揣在懷裏取暖的情景。父親是孩提時代一切溫暖、堅強的依靠，唐杰在擁擠中重溫了父子情深的往昔。

懂事的唐杰不僅沒有讓唐文皓為難，而且還寫了封短信是給梅紓雲的，託唐文皓帶回去，寫的都是感謝的話。沒有比這更讓唐文皓高興的了，他已經想像到了面對梅的那一刻可以有所言說的興奮。唐文皓將唐杰摟在懷裏，忍了好多次的淚水竟然在這一次忍不住掉了下來。唐杰的心裏掠過一絲緊張不安和失落，梅姨——那個梅姨——在父親的心中真的是不一般。唐杰的感情在這一瞬間起了很微妙的變化。這並不是他願意接受的故事的開始，甚至有想要這一切就此打住的急迫念頭；然而他卻又是要對梅心生感激並且也真的是從心底有感謝恩賜的情誼，復千山復萬水的縷縷感念在倚偎在父親身旁的那一刻都從心頭滑過了。

爸——請你轉告梅姨，她給我們家的幫助和情誼將來等畢業後一定會連本帶利還的，我——我會代我們全家來還這筆人情的——

唐文皓還只沉浸在唐杰的前半段話所帶來的感慨之中，唐杰的後半段話他根本沒有在意到。

唐文皓回到上海的第一件事就是趕到藥房，梅紓雲還沒有下班，唐文皓就迎著寒風站在藥房對面的街角等。手攥著口袋裏的那一封兒子寫給梅紓雲的短信。足足等了一個多小時，總算等到了梅，梅看著灰頭土臉疲憊憔悴的唐文皓心裏就有點難過。兩個人找了一家點心店，要了些餛飩和生煎包，唐文皓顯然餓了，也顧不得斯文，把唐杰的信給了梅，自己先吃了起來。梅的心底有說不出的滋味，這些天一個人上下班，回家面對說不上幾句話的陳東平，唐文皓走了，自己整個人都感到空落落的。像是隨風而舞的羽毛，輕飄飄地浮在那裏。夜深了，躲在被窩裏有一種欲哭無淚的感覺。有些怕，有些孤獨感，還有委屈、惆悵和思念，絞在一起讓梅徹底地失眠。又不得不裝作熟睡的樣子，擔心讓陳東平覺察出什麼來，人不能動，心是動的。這樣一連折騰了幾天，人好像一下子瘦了一圈，疲憊至極的感覺。現在，唐文皓回來了，又帶來了一份對梅表示出一些理解的信，梅只覺得有淚想往眼眶外面擠，但因在公共場合，梅迫不得已忍住了。

兩人從飲食店退了出來順著有樹蔭的街走著，互相說著體貼的話。唐文皓不自覺地握著梅扶在車把上的手，握了很久彼此都沒有覺察。

老唐，你休息一天再去上班吧，這些天路上太累了。

梅醫生，梅——妳也要好好休息，妳瘦了。

梅的眼淚流出來，夜幕已經沉重地掛下來，樹蔭底下的唐文皓看不清楚梅的臉，但已經感覺梅消瘦細長的手正握在自己的手裏，手背上有幾顆冰涼的水滴落的感覺。他伸出手去扶梅的肩，身邊已有人走過，唐文皓又收了回來。梅也覺察到自己的失態。這一晚那個蒙著面紗的契口被打開了一個小口子，雖仍是天涯卻已有比鄰的感覺了。

梅開始和唐文皓約會，是真正稱得上幽會的那一種。彼此都要上班，於是就想盡辦法調休，那樣的年頭人都是老老實實的，開溜之類的事幾乎沒有，更何況是為了這樣的事，想起來就讓人心跳臉紅。於是下班後那段大約半個小時的散步被拖得長而又長。為了避開同事們的視線，唐文皓再也不敢到藥房的附近來等梅紓雲，而是彼此繞道而行，挑了一條比較僻靜的街，沒有什麼機會可以遇見熟人的路。其實，很多時候都是兩人相對無言地走著，能感覺到對方的存在，那種就在身邊的感覺真的是很好。有兩次，梅利用調休的上午到唐文皓的家，鄰居們都去上班了，唐雯也去學校上課了，唐文皓也特地告了假在家等梅。唐文皓將梅擁在肩頭，梅緊張地哭，彼此默不作語地相擁而泣。唐文皓的手微顫著，梅髮際和耳畔散發出的清香讓他不能自持。他只是想緊緊地靠著梅，拽住她，明知道不是自己的，卻有著怕失去的驚恐。纏綿和溫柔是在驚懼中褪盡了最初的嬌豔。梅起初是有些自責，甚至有著懷疑自己是否墮落的愧疚，然而那是一道讓人無法阻擋，自己誘惑著自己的門，讓人不自覺地想去靠近想要陷入，甚至在明知自己在做著一些不合情理的事，也會任著性子做下去。人就像著了魔一樣，好像所有的期冀、快樂、滿足都在這樣的過程中被一一圓滿了起來。這並非是愛，而是迷戀和狂熱，愛太抽象，迷狂卻是踏實而可愛的。梅俯在唐文皓的肩頭，可以聞到唐文皓身上隱隱傳來的乾淨的氣息，如散淡的乾草的味道，她覺得有微醉的感覺。她會迅即想到陳東平，那種混合著酒肉、煙味和濃重的塵土味的氣息。梅覺得有一種窒息的壓抑，眼淚止不住地往下淌，唐文皓小心地用手去撫，梅更是抑制不住自己的傷感，唐文皓扶著如墜倒一般的梅，吻到梅的長髮和微燙的額頭，梅的眼淚滴到自己的心尖上，刀滑過一般地生疼……

這樣的幽會很難得，越少就讓人生出更多的遐思，在無數的想像的空間中去填補現實中所不能實現的美好。更多的時候就是打一個電話，藥房裏總是很不夠安靜，常常是最簡短的幾句寒暄過後，就將電話掛了。只是想知道彼此都在牽掛都很安好，心就已定了。

陳東平意識到梅近來的神思不定，還以為是梅想念兒子，梅只說是自己近來身體不太好，有點集中不了心思，陳東平也就將想要把兒子接上來的念頭擱了下來。愁眉不展，神情淡若的梅更是添了幾分溫柔的嫵媚，陳東平有時看著燈下一邊織毛衣一邊若有所思的梅紓雲，就會騰升出很多的欣喜和難言的渴望，只是他覺得梅好像一直都很平淡，陳東平的努力和討好並沒有激起過梅的熱情。陳東平倒也沒有太過在意，梅在他的眼中更多的時候是一道風景，一幅畫，一個燈光下朦朧的輪廓，他只要感受到她是他的妻子就很滿足了。對於這些，梅是感激著陳東平的包容的，雖說是對他粗線條的生活方式的厭煩，但陳東平也是給了她適度的空間，在兩人生活中從不為難她。想到這裏，梅會有愧疚，她只是覺得自己好像從嫁入陳家那天開始就錯了，這個錯，錯得太久遠根本是無法理清頭緒的了，事到如今，已經是離了譜。梅差不多在萬千頭緒中都忘了去追究和反省自己的愧疚了。有那麼幾次，在深夜，梅突然間會驚醒，屋子裏的一切都像是熟睡過去了一般，身旁的陳東平發出輕微的鼾聲，梅想到了要離開，離開這個家。那個念頭最初湧上來的時候會帶來一些欣喜，她想像中可以與唐文皓在一起過執手相看兩不厭的生活，然而很快就感到了風雲突變的恐怖，一場不可想像的戰爭就在前方，而且要牽連到各方面的人和事，那將是一場遙遙無期的折磨。想得梅開始懼怕，開始心寒。夜就這樣濃重地掛在周圍，沉而密地阻住了梅的思量，有如窒息般地壓抑。

梅想到了兒子陳亮，心裏泛起陣陣酸楚，就這樣斷斷續續地失眠，無聲的淚溶在一大片的黑色憂鬱裏面。人憔悴了下來，也只能夜夜將這樣的傷悲留在夜裏，留給自己。

梅知道自己該趁著一切的災難還沒有爆發之前作一個抉擇，最好的辦法是原地不動，想過的，念過的，甚至已經付出的情感就隨著往事散去吧。那個年代，人們想著只是平安地度過，是夾著尾巴帶著驚恐餘悸未了地過著每一天的。然而每個人的嗅覺和視覺都變得異乎尋常的靈敏，心態裏多少有些鬼魅，最好是別人能出點什麼事，然後大家的心理張力在極度的緊張之餘可以得到暫且緩釋的機會。別人芝麻大點的事會被那些心浮氣躁、心懷叵測的人張揚得非同小可，閒言碎語就會演變成滅頂之災。梅已經意識到那即將到來的一種可怖，事實上已經有一些私下的議論傳到梅的耳朵裏，那是因為唐文皓已經到藥房來過幾次，每次都是快要關門的時候來，兩個人推著自行車一路而去，同事們難免是要在背後說幾句。然而因為這事發生在梅的身上，大家也不覺得太出格，到藥房裏找梅的太多，有不少都是來請梅幫忙介紹醫生或是張羅別的什麼事的。梅也是熱情出了名，喜歡去管一些本來與己毫無關聯的事，所以關於唐文皓，還未引起別人足夠的注意。梅想讓這一切就這樣在心底裏洶湧澎湃地湧起退落，想讓它能消聲匿跡地平息下去，然而一切卻無法抑制地從她的眼眶裏溢出來，心是痛的，痛到深處，痛得無言。這個看來是唯一正確的選擇卻讓梅無從選擇，更多的時候是不忍選擇。怕是一個了斷就將苦痛和幸福一起葬送盡了。

梅發誓對自己說，不再打電話給唐文皓，更不會去唐的那間寬敞而空蕩蕩的屋子裏，她甚至將唐杰的半學期的學費和生活費一併給唐文皓準備好了，一切的惠助也就此打住了，沒有以後的無悔幫忙，沒有謝恩的那一天，沒有了一切。梅就是這樣對自己說的。

不出一天，唐文皓就打電話說，倒也沒有什麼事，只是例常的問候。梅的口吻一下子冷漠下來，因為是故意的原因就顯得更為突兀，連自己也被怔了一下，梅先掛了電話，心裏想著唐文皓一定會趕過來，就在今天，下班以後。於是心底裏就有些許的後悔，本來是不想見的，這樣一來倒是起了反作用。然而就是這樣的心思等過了中午以後就開始變了，變為一種隱隱的期待，盼著能見到唐文皓，至於看到後要說的一切了斷的話，梅心裏是已經準備好了的。這種些微的期待隨著時間的推移變得越來越甚，就像燃著的小火苗變得越來越旺一般。到了下班的鐘點一過，同事們都已經陸續整包準備下班回家，梅紓雲左顧右盼還見不到唐文皓的身影時，她倒成了最手足無措的一個。心裏是七上八下的，各種各樣的念頭都有。又怕是從此就像斷了線的風箏，又怕自己可能傷了唐文皓的自尊，又怕唐文皓是否在來的路上出了什麼事，反反覆覆腦子裏過的就是上午通電話彼此說的幾句話。等同事們都散盡了，暮色一陣濃過一陣地掛下來的時候，梅才無力地倚在藥房裏的長椅上，直等到關門的老伯來催，梅才神思恍惚地回了家。

陳東平見妻子的臉色不好，就很是關切地問了幾遍，都被梅漫不經心地搪塞過去了。梅倚在內屋的房上，感到頭重腳輕只想躺下，根本也沒了吃晚飯的胃口，陳東平見了就特地盛了一小碗端進來。

紓雲，妳還是吃點吧，吃點東西再睡會好些的。

梅望著陳東平，感到這個對生活都很潦草的人實質還是善待自己的，只是那種溫柔藏得太深，以至於自己都沒有辦法感受的。這一刻，當陳東平的手枕著自己的頭，可以從他的呼吸、他的領間散發出來的氣息裏感到他的真實的存在，並且心底裏一點沒有輕如柳絮的飄浮，而是踏踏實實的擁有感時，梅的心頭覺得一陣陣熱浪直衝腦門。她伸出手擁住陳東平。

東平，我，我累極了。整個人就埋在陳東平的胸口。

陳東平像哄小孩一般地拍著梅的肩：

我早說了，那份工作那麼累，我們又不在乎那點錢，是妳自己要逞強，定要去，做得不開心就算了麼！在家裏陪陪媽，想幹什麼都隨妳，妳這是何苦呢？

你又來了。梅這一句話一出口，整個人又都冷靜了大半，從剛才的溫情中脫離了回來。

好了，好了，我不說了。陳東平一邊哄著梅，一邊幫她蓋好被子。夜沉沉地掛在梅的臉上，讓她覺得連睜開眼的這點氣力都沒有一般。

接下的兩天，梅讓陳東平去藥房請了兩天假，她想在家裏休息一下，僅僅是為了有個獨處的空間。陳東平去上班了，婆婆和保姆都在樓下，梅又一個人臨窗而立。消瘦頎長的影子就倚在窗口，梅呆呆地望，眼裏收進的都沒有往心裏去，心裏想的卻是不停地往眼外流。梅覺得這樣的時候是最自由最安全的一刻，窗戶的感覺總是比較含蓄，你可以觀察到外面的全部，而全部的人和景卻是見不到你，即便見了也只是一個模糊依稀的輪廓，得不到全部的。

唐文皓是有些難以言表的抑鬱的。梅的那個電話既讓他感到突然，又是他早就預料到的。

臆想中的美幻終於在梅那冷冰冰的幾句話裏第一次被擊得粉碎，遺憾和傷感總是有的，更多的是從懸空回到地面的感覺，當頭一棒，卻也在情理之中，這樣的結果也是他心裏隱隱希望的，矛盾就是這樣錯綜複雜地糾集著。唐文皓覺得梅就是那樣含著靜美佇立在河的對岸，讓人生出無端的愛戀來。本來就根本沒有奢望過會有什麼異樣的事發生，梅是有家室的，自己的狀況又是一大堆的沮喪，這種非分之想實在是太離譜。梅的主動和盛情給了這個本來開不了頭的故事一個非常好的理由，然後一切都循序漸進地往下展開，好像是很自然的事。在無法抑制的美的誘惑下，人就是這樣的不由自主地陷了下去。這種情感就如嬌嫩的花瓣，只要稍一有個迂迴，就開始了面臨風吹雨打的序幕，梅的這種覺悟使得唐文皓收了心，於是他想的就是想辦法能夠去報答梅，別的是不想的了。心底裏是很想見梅的，但自我規限得很厲害，那種不能去傷害梅的情感一旦升起就開始有自責和愧歉。心底的想望就也被自己克制住，是斷不能再打電話或是再去見梅的了。

梅恐怕一時還體會不到唐文皓的所思所慮，一連幾天一點兒訊息也沒有反而讓她不安起來。在家住了幾天，人感到窒息般的鬱悶，又去了藥房上班。人也像是掉了魂一般，走在那條以前和唐文皓常走的街上又會不自覺地被拉回往昔去。如同初戀的女子一樣，梅在體會著一個少女的驚惶不安、胡思亂想、傷感和隱隱的幸福，雖然她已是一個有著五歲的孩子的母親了。

彼此就這樣煎熬著，一切都是歸於沉靜般的寂寞。梅這些天一改往日晚醒晚起的習慣，大約是早上四、五點鐘的時候，她就會莫名其妙地突然醒來，像是被人拽了一把一般，驀地從夢裏回到現實中來。屋子裏一切都很靜，陳東平還在熟睡中，梅就睜著眼依然感覺到被墨汁裹住一般的無奈，心裏反反覆覆念著一些非分之想。有一天的清晨，她突然意識到這種苦痛原本是根本沒有的，全然是因為自己的緣故。如果起初不是一時衝動，對唐文皓完全是出於好奇和鍾情而去主動登門，也許一切都無從開始了。而現在，又是因為自己的「幡然悔悟」才使得本來才有的一些幸福感又轉回了頭而陷入更為巨大的苦痛裏面。想著想著就覺得委屈，沉下去的心也會一點點地飄浮起來，想得久了，心就整個兒地浮了起來，原本定下的主意被輕易地否定掉了，壓根兒地忘卻了當初的左思右量，那種想要任著自己的性子做一回的念頭終於還是占了上風。

梅還是主動打了一個電話給唐文皓。唐文皓在辦公室裏接到這個電話的時候整個人猶如被熱氣燙了一下手，然後也不知怎麼約定好隔天的上午在家見面，然後就稀裏糊塗地掛了電話。唐文皓開始感到從心底裏的責難，他想像著梅心底裏的委屈和這些天來的壓抑，剩下的只有要盡快見著梅的焦灼。

照樣是平淡的一天，唐文皓早早地準備好了一切，裝著不動聲色一如往昔的樣子，等唐雯出門去上學了，整個人就再也坐不住了，時不時地透過窗子看底下的巷子裏有沒有梅的身影。也沒有具體說好幾點，只是定了一個模糊的上午。時間就這樣像水一樣平緩有序地從唐文皓的心頭漫過，卻把他能守住的一絲堅忍都沖垮了。

梅來了，還是那樣的素裝，頎長、美麗中帶著憔悴。唐文皓望著此刻的梅紓雲，只覺得心頭發熱，擁著梅的手不停地顫抖。梅亦是無言，像是一片羽毛被唐文皓輕輕托在手上的飄浮感。清晨的陽光透過窗楣斑駁而至，可以看到有很多塵埃在忘情放縱地舞，梅的輪廓細緻而柔美，陽光下的她被籠在金黃色的帷幕下，有很細密的絨毛在肌膚的每一個觸角上綻放。彼此就像是忘卻了身置何處一般，唐文皓很小心地擁著這片沾著晨霧的羽毛，吮吸著每一處的甘露。羽毛可以從輕柔中綻放出無窮的韌性和堅強，載著她自己和托起他飛到很遠的地方，遠離喧囂，遠離此地此時……

這以後的無數個黃昏，唐文皓都會如約在藥房對街的小巷子等著梅下班，然後兩個人走一段路，偶爾也去那家點心店吃些湯包之類的，興致好的時候會特地繞道，彼此可以多走一些路，多說一些話，常常是很輕很慢地說話，道些互為安慰體恤的話。一般是一個月抽一兩天的時間，他們會在唐文皓的屋子裏，梅倚在唐文皓的身邊，聽他談談往昔的歲月或是一些他熟稔的歷史和文學。唐文皓擁攬著這個像羽毛一樣的女人。

梅，有的時候我真感到像是在犯罪，我一無所有，不能給妳任何回報，妳卻給了我那麼多。

我也不知道，如果說是犯罪那一定是我，只是明知道是犯罪卻也要和你在一起，也許，每一天都先得一分一秒地活下去吧！

唐文皓提了幾次，每一次都陷入了漩渦而無法自拔的尷尬，於是彼此也就都有意迴避。然而約會依舊是不間斷。

梅其實已經做得太離譜，周圍的人都已或多或少察覺出一些異樣，唯有陳東平是被蒙在鼓裏。與其說他是對梅的疏忽，不如說他對生活的本身並無太甚的興趣，他的鍾愛彷彿永遠是飄浮在生活之外的。

最後鬧出事來是因為陳東平和梅以外的人。對於這件事，直到很多年以後，梅回想起來都覺得在失望、悲戚、憤懣中帶著些許的遺憾，她倒寧可是陳東平最先知覺或是發現她的出軌，那樣後來的很多未了的遺憾也許還不至於那麼盛。

梅和唐文皓的頻頻約會雖是竭盡了力做一些掩人耳目的舉措，但還是有著些忘乎所以的興奮激情和溢於言表的欣喜。梅的同事們開始在背後、在私底下議論她，讓她感到一種壓力，好在梅是習慣了被人議論的，也不至於讓她感到太過不適。而那些平素裏暗戀著，或者多多少少與梅有著些交情的男人們開始注意到唐文皓之後就開始莫名其妙地吃起醋來。然而又沒有著正當的理由，所以心底裏的怨氣就異化為一種不入流的行為，想盡了辦法去傷害別人，然後從別人的慌亂、不安和傷痛中找回一點點的平衡。

有個叫汪子頃的男人，是在一家職校裏任教的老師。汪子頃是屬於那種可以稱得上漂亮的男子。剛年過四十，算是最有魅力的年紀了，妻子早就亡故了。在梅的眾多仰慕者中，汪子頃也許是比較矯情的一位。在沒有認識唐文皓之前，梅與汪子頃也有過一些交往，甚至有過幾次長談，但都是僅僅限於朋友之間的。汪子頃卻是有著些其他的想法，但是佳人不可唐突，更何況對方是有家室的，就更不敢造次了。梅只是覺得這個汪子頃是個自我感覺太過良好的人，甚至有些顧影自憐的女人氣，而且對於那些長得太過標致的男人，梅有些從心底裏的不適感。所以梅總是很適當地保持著彼此間的距離。和其他在明裏暗裏都對梅有著好感並付之行動的人一樣，汪子頃也真的是用心良苦，梅是領了他的情的，並且也感到這個汪子頃的確有著些旁人沒有的才學和細心，他的個性中的幽默和一些與那個年代根本不吻合的瀟灑也確實讓梅偶爾動過心，所以這種友情就這樣斷斷續續地維持著。汪子頃一直懷著耐心等待著與梅能有較普通朋友更甚的交往，唐文皓的出現完全出乎了他的意料。

汪子頃先在那些對梅或多或少有些異樣之情的男人中間散播梅與唐文皓的一些軼事，無非是唯恐那些人不知道梅紓雲與唐文皓太過熱絡，後來發現那些男人們雖然也是心底裏恨得不得了，但是面上總還是一如往昔的平靜無事，於是汪子頃就把熱望寄託到了那些長舌婦中間。因為也是頻頻到藥房來，梅紓雲的那些同事們與他還算是熟悉，也有人不冷不熱地說一些冷嘲熱諷的話，汪子頃聽了更是妒火中燒。然後他就著力地渲染梅紓雲和唐文皓的事，並且佯裝打聽唐文皓是何許人。那些女人也早就看出了他的心思，也只是故意逗他，拿著唐文皓來氣他。

汪子頃的目的很快就達到了，事情如乘風一般很快傳到陳東平的耳朵裏。陳東平的肺都快氣炸了，然而他是強行克制住自己，耐著性子像是做賊一樣開始盯梅紓雲的梢，連著幾日都見著梅紓雲和唐文皓一起下班，好幾次他都想衝上去，但轉念一想這樣也是不妥，別人一起走走又怎麼樣呢，心底裏像是突地騰空了一塊，那些流言蜚語起初傳到他這裏時，他是根本不信的。梅在自己眼中算是個如意的妻子了，除了個性倔強一些外，其餘的都還算乖巧。陳東平心中的妻子就是那個不願與自己多說話，喜歡在廂房前的落地窗前佇足而立，喜歡穿漂亮衣服的沉靜而又不甘寂寞的女人。這個女人是屬於自己的，完完全全屬於的。現在，據說是與一個落魄的、酸腐的知識分子打得火熱，不得不讓他大吃一驚之外又怒不可遏。

終於在一個夜晚，陳東平和梅紓雲像往常那樣安靜地吃了晚飯，梅像往日那樣神情淡然地回到了小屋，陳東平隨後就跟了上來。

那個唐文皓是誰？

梅的心裏一驚，整個人就僵在那裏，她竭力使自己平靜下來，熱血往頭頂上湧，張著嘴一時說不上話來。

我在問妳，那個唐文皓是誰？陳東平的聲音一下子提到最高限度，不僅僅是梅紓雲，就連他自己也被嚇了一跳。

你這是幹麼？這麼大的聲音也不怕吵了媽和鄰居。那個老唐是常來藥房配藥的一個客人，他家的境遇不好，孩子又有病，時常找我來幫些忙。

陳東平本來是準備了一大摞責難的話，並且認為就在今天可以把事情問個究竟掏個明白的。梅這樣輕描淡寫波瀾不驚的幾句話，好像給沒有開始的序幕早早地拉上了終場，接下來的話他是一句也說不上，整個人就晾在那兒，顯得有些尷尬。

梅紓雲，妳聽著，我——我不許妳和那個唐文皓來往。

梅不答也不應，依然低著頭做自己的事。

妳有沒有聽到我的話？陳東平又吼了起來。

神經病！來藥房找我幫忙的人多著呢？那麼別人你管不管？

妳——陳東平氣得說不上話，梅紓雲依舊像一泓溪水，平靜地從自己的眼前淌過。

梅紓雲是在心底裏江河滔天，面上靜如死水地過了一夜，但並沒有太多的恐懼，她想掩飾，盡量不讓陳東平知道，但現在似乎已不太可能，她想攤牌卻沒有勇氣，在那個年代，主動提出「離婚」兩字對一個女人而言是件很不容易的事。她反反覆覆想的就是能盡快找到一個藉口，事已至此，她要離婚。

梅紓雲給唐文皓打了個電話，說：陳東平好像知道了！唐文皓的臉色瞬時蒼白起來。

他並不知道什麼，只曉得有你這麼個人，近期我們不要再見面了……

梅，妳怎麼樣，梅，我——對不起——

我不想聽這個。

梅，妳要當心身體……

電話掛了，梅紓雲覺得身上一半的氣力都被抽走了。她想著此刻唐文皓的心情，心裏是空茫茫的一片。

兒子陳亮被接了上來，孩子已經到了懂事的年齡，甚至知道體恤父母。一家三口圍在一起吃飯的時候，兒子會給父母挾菜，說一些僅僅屬於孩子的俏皮的話。梅在這時候是能體會到所謂的天倫之樂的。望著兒子，一切的決心都會在頃刻間消解成雲霧一團，原本毅然定下的決心也是會搖晃起來。她知道這是陳東平在利用兒子來懲罰自己，本來她是拒不受任何威脅的，然而陳東平的這一招果然很靈驗，想到兒子，梅開始不忍心，開始自責，開始無奈中生出悔意……

本來，這一切都可以收尾了，如果陳東平有足夠的耐心和聰明，一切的一切都將就此收尾不再有下文，梅也許真的可以如他所願，做他安分守己的妻，和唐文皓的那一段風花雪月的事只不過是留在日記本裏的一頁書籤而已。然而陳東平親手將這一切都搞得不可收拾，直至所有的殘存或完整的東西被擊成碎片，直到碎得一片完整的也沒有，彼此均傷痕累累為止。

梅已經開始有了和唐文皓不再相往來的念頭，並且也已是在這樣做的了。然而她開始發現陳東平在盯自己的梢，甚至是正大光明的護送。單位裏的人都在私底下議論，那些平素和梅比較熟稔的朋友都成了陳東平的懷疑對象。而且梅紓雲最討厭看到陳東平衣著不整的樣子，走在一起也讓她覺得不自在，說了好幾年了，陳東平依舊是我行我素，梅早就死了心了。個把月下來，來藥房找梅幫忙的人驟減，別人都或多或少知道她有個愛吃醋的丈夫。多一事不如少一事，就盡量避免與梅打交道。那些平素裏與梅紓雲共事的女人們這下子找到了話柄，時常不冷不熱地說幾句。梅哪裏受得了這樣的委屈，想來想去就只有怨自己的丈夫。梅忍著，希望陳東平這樣的歇斯底里症盡快結束。心底裏深處的那一些愧疚被一分一毫地取出來消解她所受到的屈辱。

陳東平見梅紓雲從來沒有像現在這般乖巧溫順過，自己的得意感頗有點像撐足了帆的船。他不知從哪裏得到了唐文皓的單位地址，跑到人事科，告了唐文皓一狀，說是希望通過組織上警告他，如果再蓄意破壞別人的家庭，一切後果理當自負。這一下，使得本來風浪漸平的局面頓時起了軒然大波。唐文皓是個讀書人，這些年來受苦、受窮、受勞累慣了，然而面子是剩下的唯一生活支撐，旁人對他或多或少還不敢太輕慢，甚至有不少人還對他有些尊重。這下子，一個平素看來老式斯文的讀書人一下子成了插足別人家庭的第三者，並且別人的丈夫都已經告上門來了。唐文皓一下成了眾矢之的，他只是憂心勝過了一時的惱怒，不知梅到底怎麼樣了，很多天都不見她了，心裏是亂如一團麻，也顧不得自己了。

唐文皓也沒有將這件事打電話告訴梅，他以為梅是早已知道的。梅是由那些不知拐了多少道的消息中才曉得陳東平到唐文皓的單位裏去了一次。心頭像是被生藤抽了一鞭般的疼，多日來受的委屈終於爆發出來了。去找了陳東平覈實，陳東平更是得意，非但沒有覺得做得不妥，好像還充滿了勝利者的狂喜。既然本來還可以挽回，可以有所遮掩的面子統統給陳東平撕碎了，梅的心底倒有了多日來沒有的輕鬆感，她知道再也沒有必要如此負重般的一忍再忍了。她要離婚，並且有了些勇氣，這是陳東平給她的勇氣。梅先是打了電話給唐文皓，兩個人像打游擊一樣，好不容易約了個地方見面。梅是愈加蒼白憔悴了，唐文皓也是滿臉疲憊，兩個天涯淪落人般地默默相對無言。

我想好了，要和他離婚。

梅，妳再想想，我真是害了妳。

我不是來聽你說這些的。

妳別誤會，梅，我不是這個意思。我是怕到時候單位裏、朋友親戚間，妳會受不了的，別人會怎麼看妳？

你就想到別人會怎麼樣，你有沒有想過我現在怎麼過每一天？

我，我也沒有叫妳不離婚，我當然想——哦，不……

我離不離婚是自己的事，跟你並不相干。

梅，別跟我賭氣，我，我只是想妳能少受點傷害。還有孩子，孩子怎麼辦？雯雯已經從別人的風言風語中知道了，和我大吵了一架，她罵妳，我就順手打了她，她長這麼大我還是第一次打她，這些天她一直沒有回家住，我的心裏也急死了，不知怎麼辦才好。

文皓，男人是不是都很自私。陳東平是自私得很膚淺很不體面，你卻是自私得很含蓄很克制，然而程度上卻一點兒也不比他差。

梅，妳別誤會我。

我沒有誤會誰，有的，只是經常誤會自己。

梅向陳東平提出了那兩個字：離婚。

陳東平非常吃驚，這個女人實在讓他很難讀透。在那個年代，離婚兩字是不能輕易出口的，更何況是從一個因為離婚而會一無所有的女人口裏。陳東平起先還以為是梅生氣過了頭拿來嚇唬自己的，並不太放在心上，只是自己注意收斂了些驕橫，覺得順風船也不能撐得太過頭，並沒有什麼真憑實據，只是根據旁人的流言自己就折騰得如此不得安寧。後來才發覺梅是真的，並且是鐵了心，且準備起訴法院。

陳東平的母親就在這個冬季的一個午後無疾而終了，一家人又將所有的精力都投入到準備喪事之中去，陳東平以為梅會因為母親的去世而倍感世事無常，會加深對這個家的留戀。而梅紓雲感到羈絆在心頭的最後一根韁繩也鬆懈了下來，本來她是想到過婆婆的。這麼多年來婆婆對自己還是不錯的，而婆婆也是最要體面的人，陳家的家業和體面很大程度上都依賴過這個女人的能幹和賢慧，本來梅一直在想怎樣向婆婆開這個口，左思右量都找不出合適的方法。現在，婆婆去世了，她真的不再有什麼可以顧忌的了。

梅正式地和陳東平提出要離婚，堅決的，沒有任何逆轉的餘地。

陳東平剛剛遭到了喪母之痛，妻子又主動提出離婚，而且背地裏的原因也許就是那個唐文皓，他的面子早就在眾人的口傳中被扯得支離破碎了。於是見到梅真的是動了氣，男人的那種軟硬兼施的本能又使了出來。

梅，何必呢？這個家不是好好的，我那樣做也許是有點過分了，我道歉，我還不是為了妳，為了這個家。

東平，事情已經到了這一步，我們又何必呢？好合好散吧，我也不是因為你做錯了什麼，我們——我們只是不合適。

不合適，妳怎麼今天再來說不合適，當初妳嫁入我們陳家時得了富裕，得了體面的時候妳怎麼不說不合適？是不是為了那個姓唐的，妳這個不要臉的，妳休想——

每一次梅都忍著性子與陳東平談，每一次都是以陳東平的辱罵而告終。梅已經擬好了文字準備上訴法院了。這一次，陳東平的克制也是到了頭，他撲過來，狠狠地打了梅，梅的頭髮被大把地扯下來，好像有塊頭皮被扯破了，血就逕直淌下來，鼻血也是汩汩地往外冒，眼角也被陳東平打破了，陳東平一邊打一邊還咬著牙在喊：再讓妳風光，再讓妳去會情人，我讓妳再也見不得人……那種聲音像是從丹田裏掏出來般的沉重有力，那種憤恨和無奈的怨恨一字一句地吐了出來，陳東平感到這一些在心底都壓得太久了。這一頓毒打將梅的心徹底打碎了，碎得再沒有任何重圓的可能。那一天的晚上，梅收拾了最簡單的貼身用品，離開了和陳東平共住的那幢漂亮的西式洋房，就此以後大約有近七年的時間沒有回去過，直到陳東平暴病去世。這一年，兒子陳亮快要回城念小學一年級了，這一年，她還不滿三十歲。她是一無所有地從陳家跑了出來。

梅上訴到法院的離婚申請非但沒有被批准，而且以第三者插足為由批駁了回來，並由法院出面分別到梅紓雲的單位和唐文皓的單位做思想工作，並給唐文皓施加了壓力。梅的離婚理由被判為是不正當的，法院需要她提供絕對的證據證明沒有第三者的存在。

在那個年代，夫妻雙方只要有一個死拽住不放，離婚就成了空談。陳東平要拖死梅，這是他要竭盡全力做的事，至於兒子更是不讓梅見的。梅紓雲也依靠不得唐文皓，她想照著法院的囑咐去辦，如果三年內可以有足夠的證據顯示她沒有第三者，也許離婚就可以判下來了。和唐文皓真正地成了咫尺天涯。梅也回不了娘家住，一則是本來不夠寬敞的家因為弟弟一結婚就顯得有些局促了，二來母親為了這件事受了很大的刺激，街坊鄰居的議論使得全家不得安寧，梅突然發現自己成了有家難回，無處可歸的人了。託了好幾個朋友找住處也都是沒有著落，最後是找到了一位經常來藥房配藥的孤老太，她有著兩間十多平米的房子，一間還經常放一些雜物，梅像是找到了救星一般。她付給老人一筆錢，並且與老人開始相依為命。

春暖花開的時候，梅的母親因為心臟病突發而去世了，梅就像一根孱弱枯黃的蘆葦，飄飄搖搖地，每天下了班就回到那間一無所有的破落的小屋裏，剩下的只有對唐文皓的感情。每一次唐文皓見到梅都是從心底裏的歉疚，然而他們都是被綁住了翅膀的鳥，彼此都沒有動彈的餘地。在背負各種壓力的同時開始艱難的生活。

梅這些年來自己多少是攢了點錢，因為前些年家裏大大小小的開銷都是仰仗著陳東平，梅自己掙的錢幾乎原封不動地保存著，再加上平時婆婆和母親給的，算是一筆不小的數目了。梅用這筆錢義無反顧地去撫養遠在外地念大學的唐杰，也給唐雯不斷地添置衣服，給唐文皓以最穩定的生活支撐。她就像一個主婦操持一個家庭一般，然而除了唐文皓，兩個孩子在接受著她無私的饋贈的同時卻對她有越來越深的成見。唐雯是因為風言風語傳入耳中，為父親的名譽，為死去母親的感情而對梅有著很深的敵意，唐杰是因為讀了妹妹一封接一封的長信，受了影響，覺得父親再也不是當初的父親了。唐文皓起先還將這一切對梅隱瞞著，怕傷了梅的心，更何況和梅因為現實的境遇不能常見面，故更為小心地呵護梅的感情。梅紓雲是敏感的，她從唐文皓越鎖越緊的眉間體味到了他的左右為難，為了體恤他，她就佯裝無知地一如既往地照顧著唐文皓和他的兩個孩子，一如往昔地體貼他。那種約會已經將往昔的美好都逐日褪色盡了，除了能感受到一些肌膚的慰藉外，更多的是被生活的境遇磨折得有些疲憊了。梅紓雲少了陳東平這個堅強的經濟支柱，一下子要完全靠著自己來支撐起全部的生活內容倍感吃力，她給予唐文皓的那些幫助都是在以前存留下的本錢，她盼著唐杰和唐雯能盡快畢業，這樣她就可以結束這種入不敷出的生活了。

梅開始將憔悴印到了臉上，那種往昔的灑脫和隨意隨著世事變遷而逐日褪去，生活的巨浪終於以它持久的耐性和永恒的力量使梅慢慢地低了頭。梅開始像很多普通的婦女一樣，忙著上下班，輕易不敢怠慢，來藥房找梅的人少多了，唯剩下一些老頭老太。那些對梅心懷叵測或是有著純美情誼的人怕成了眾人的話柄，紛紛收了心——不管是出於自願還是不甘。同事們也沒有往日那般對她留有一些敬畏的餘地，甚至是可以有些放肆。只要稍有矛盾就會冷言冷語，語言的利劍經常在那些女人們嬌嫩的唇間晃來晃去。梅只是堅忍著，忍到了麻木的地步。由於經濟上的突然逆轉，她也開始關注那種蠅頭小利，單位有廉價出售的人參、銀耳之類的滋補品，梅也開始擁擠其中，唯恐落了後沒有份，她想的是唐文皓的身體不好，需要滋補。常常是在單位裏焦頭爛額地忙了一天回到那間破落的小屋裏還要張羅晚飯，有的時候梅為了方便就在單位附近的小店裏吃些麵條，那個時候她特別怕遇到熟人，怕別人看到她略顯菜色的臉龐，漸失光澤的頭髮和始終蒙著灰色的衣服。自從搬到這條巷子裏來，梅就再也沒有穿過旗袍，那種閒適慵懶的心情也沒有再現過。和唐文皓也還得繼續掩人耳目地過，陳東平似乎也不再理會他們，知道一切無可挽回了，只是離婚是堅決不肯的，且堅決不讓梅見到自己的兒子。

第一個三年就是這般胡亂地過去了，法院的裁定是讓人絕望的，依然沒有判決離婚，只是說還將盡力調解，盡力調查覈實有關的情況。梅那一夜幾乎要崩潰了，她一個人躲在小屋裏，沒有親人和朋友，甚至唐文皓也不在，她想著這種熬不到頭的日子，偶爾也會想到以前，以前的那種安寧，心裏是死灰一片。隱隱地會滋生出對唐文皓的埋怨甚至對自己的懷疑，覺得如果說當初是一個巨大的誘惑使自己無法抑制的陷入，那麼到了今天已經是一些不堪重負的拖累，讓人感到生活的疲憊和無奈。以前是怕看到唐文皓那種哀莫大過於心死的眼神，現在是討厭，因為那一切讓人心煩又不能起到任何作用。在對待孩子的問題上，梅是始終無法解開心中的鬱結的。自己如此掏心掏肺也得不到孩子們的體諒，梅總覺得唐文皓在教育孩子這一點上是失敗的。唐杰再也沒有來過一封信，而唐雯總是用那種鄙夷甚至仇恨的目光來審視梅，梅都忍著，是為了唐文皓。唐文皓有自己的苦衷。為了和梅的事，孩子受到了很大的壓力，他覺得孩子是為了自己在親戚朋友和同學們面前抬不起頭，所以他也沒有足夠的勇氣去訓斥唐雯。至於遠在外地念書的兒子，也許是受了女兒的挑唆也變得冷漠起來了。

梅有的時候也會想到兒子陳亮，已經很久都見不到他了，本性中的那些思念就像縈繞的輕煙，讓梅在淡淡的回憶中找到一些屬於自己的溫情，沒有見到他，就跑到學校門口等他，好不容易見上一面，兒子對自己是非常的陌生，陌生中還夾雜著些恐懼。梅把兒子摟在懷裏看到他那種不自然時，心裏是有著自責的，由於缺少母親的細緻照顧，兒子顯得有些髒，有著胡亂生活的潦草痕跡，本來這是最需要自己照顧的與自己血脈相通的寶貝，而現在既無法生出濃烈的情感又無法徹底地了卻，梅在自責的同時又會徹底地怨恨起唐文皓來，這種怨恨中隱隱地埋著些後悔。

對於陳東平，梅起先真是恨到了心底深處，為什麼非得死吊住自己？為了懲罰！而這種懲罰讓梅吃盡了苦頭，梅已經死了心，不回頭。現在，梅已經無所謂恨了，只是覺得命運和她開了個很大的玩笑，而陳東平彷彿就是那個惡作劇的旁觀者和製造者，在遠處看著自己的狼狽不堪，想讓自己後悔莫及。梅紓雲支撐著自己的支柱之一就是這種想像，她不怕所有人的嘲笑，唯有的就是不得讓陳東平再來嘲笑她，她要忍下去，絕不回頭。

梅紓雲後來回想起那些在陳東平死前的大約七年多的日子感到真是簡單無比。除了謀生糊口，一點點地掏盡自己的積蓄為唐家的大大小小操持，還有就是和唐文皓遮人耳目的幽會。當初唐文皓吸引人的一些才華和風度也在時光的淘洗中褪了顏色。梅就是在不停地付出，不停地堅忍中將唐杰培養到畢業且在北京找到了好工作，唐雯也上班了，而唐文皓和自己好像是要比同齡人老得多了。

那是一個尋尋常常的日子，梅照例在藥房上班，剛剛接了一個方子準備去配藥，同事來喊她聽電話。是兒子陳亮打來的，梅非常吃驚，很久都沒有聽到兒子的聲音，那種聲音好像在空氣中飄浮，沒有真實感。

媽——爸昨天晚上死了，是腦溢血。

然後電話就掛上了。梅覺得自己也要隨那聲音一起飄起來了，恍恍惚惚，知覺一點點地從身上游離出去，留下的空白越來越多，手上的方子無力地飄落下來……

陳東平是獨子，在上海沒有什麼親戚，有的朋友也很少，唯有的是一些在鄉下的長輩。梅又回到了久別的房子，心裏是像踩在棉絮上一般的飄浮。很多年了，她的生活裏不管多擁擠或是多空茫，這一切都已經不再占據什麼位置了。本來以為再也不會跨進這扇門的，沒想到又回來了，而且是來料理陳東平的後事，她在法律上依舊是這裏的女主人，理所當然地承襲著這裏一切的財產。梅想著，如果陳東平不是因為驟然暴病而死，一定會把這一切傳給兒子，是斷然不會有她的份的。兒子陳亮已經長大，中學畢業進了少體校練球，人長得又高又結實，兒子是應該承襲這一切的。梅寧願那樣，她不願自己面對這樣的尷尬，然而她卻是無法躲閃。家中的一切依然如舊，甚至梅那時沒有帶走的衣服依然掛在櫥裏，好多都或霉或蛀了，只有在陳東平和梅紓雲的臥房裏還掛著幾件旗袍依舊是完整如新，這是梅新婚時陳東平特地找了裁縫來做的。看得出，這些年陳東平是特地吩咐了人細心地照料著這幾件衣裳。既而，梅紓雲料理完一切後又在陳東平的箱底發現了當初和陳東平僅有的幾張合影，那些照片被包裹得齊齊整整，壓在一疊衣服的夾層裏，還有幾件梅當時沒有來得及帶走的首飾，都安靜地置放在一起。梅在幾間屋子裏晃來晃去，到處可見自己當初的影子，甚至自己的氣息依然氣若游絲般縈繞著每一件擺設，而陳東平的，那些屬於他的氣息和梅的氣息依舊互為相擁沒有分開過。梅又站在落地窗前，默默地、久長地，她再也不必選沒有人的時候到這裏來尋求安靜了，現在是不會再有人來打擾她了。生活的細節絲毫沒有在時間的長流中褪去，反而浮出生活的海面，一切愈顯清晰，提醒著往昔你在意或不在意的每一處。

梅的感動不知是因為陳東平，還是自己，或是生活的本身。追悼會的那一天人非常少，梅長久肅穆地站在那裏，陳東平安靜地躺在那裏，人早已是走樣了，可梅看得清晰，她可以從他的額頭和頭髮上知道他的憔悴、蒼老，梅無聲地哭，她想抑制住自己的淚，傷心和無可挽回的結局終於還是擊垮了她。

梅住了六、七年的那間破落的棚戶房要被拆了。照理梅是可以住回那套漂亮的西式洋房的，然而梅還是鼓不足勇氣，她是覺得那些游蕩的氣息會纏繞著她，讓人不得安寧。兒子長大了，和梅在感情上有很深的隔膜，他曾經萬分惱怒地對梅說：妳怎麼還有臉回來住，要不是妳，爸怎麼會這麼早死！梅感覺到兒子希望把她從這裏攆走。

和唐文皓要生生死死在一起的念頭磨折到這裏早已沒了當初的激情。看著唐文皓一天天枯萎下去，梅心裏是愈發的沉重，唐文皓是想著要接梅回家，他們可以結婚的，而唐雯表示出強烈的反對。唐雯找了一個男朋友就要結婚了，然而她明確表示兩間房裏有一間一定要留給她，並且私自換了鎖配了鑰匙。唐杰從北京回來故意避開梅紓雲，拖著父親唐文皓在一家小酒館裏聊到深夜又買了凌晨的票走了。梅就像一個瘟神一樣被眾人踢來踢去。她已經沒有了年輕時的張揚和自我依戀的性情，那些個性中有的可愛的或不那麼可愛的稜角都給磨平了。

梅還是和唐文皓一起住到了唐的那間公寓裏，一間房已被出嫁的唐雯鎖起來了，她和唐文皓擠在唯剩的一間裏。陳亮已經明確表示無法接受唐文皓，如果梅要結婚，他就和梅決裂。梅把陳東平的大部分財產都留給了兒子，有一部分拿走的也是替他保管的，等他成家時全都會給他。

她依舊是一無所有地和唐文皓走到了一起，沒有履行任何的婚姻手續，卻是實實在在的夫妻。

這是彼此磨折了近十年的時光盼來的朝夕相處的夫妻生活，梅用了她一生中最美的時光，用難以形容的忍耐力所換來的結果。每一個晨曦未明的日子，唐文皓醒來，望著梅臉上細緻柔和的輪廓，望著這些年來添上去的皺紋和髮間偶爾的銀色，心裏就隱隱地泛起痛，常是不自覺擁攬著梅，越擁越緊，驚擾了熟睡中的梅，兩個人便在朦朧中默默相泣。

接下來的生活就像許許多多常人的日常生活一樣。當情人的角色一下子換成丈夫和妻子以後，原初的一些披著細紗的細節開始呈現出它最原本的面目。

唐文皓的這套小公寓被分割成二部分，一部分終日是被鎖在一大片黑暗之中，另一部分是他與梅的天地。在這狹小的空間裏，各種的摩擦頻繁交替地出現。梅常常是在底樓的公共廚房裏受了氣。那些鄰居都或多或少地知道她的一些往事，梅就是在眾人的雜碎話語和斜視的目光中度過了十多年。孩子們幾乎很少來，有兒有女的一對人倒像是成了孤老一般。

兒子陳亮對母親的成見一直沒有消褪過，梅也看過兒子，彼此總是熱絡不起來，對於往事大家都不提。兒子長大了，練體育終究也沒有練出個名堂來，開始倒騰起生意來，找了個如花似玉的女朋友同居，梅起先為了博得這個未來兒媳的高興，將婆婆當年送給她的一個鑽戒當作見面禮給了她。那個女孩每每都打扮得漂漂亮亮的，戴著那只鑽戒從梅的面前晃過，可看到梅紓雲卻也從來不叫一聲媽，甚至連打招呼都很少。陳亮有一次倒是和梅長談過，兒子的口吻裏倒沒有怨恨，只是惋惜。覺得母親這一輩子太不值得，跟了個唐文皓苦了半輩子，也許當初跟著父親過也不至於像現在這般憔悴、潦倒。人生只是一齣戲、一段過程，演得漂亮過得舒服是最重要的，為難自己是根本沒有必要的，這是兒子的話。

梅紓雲和唐文皓的兩個孩子也沒有太過甚的交往，每每想到這個她就會和唐文皓吵，吵到不可開交為止。梅是憤恨當中帶著極大的委屈，當初是省吃儉用一心一意地培養那兩個孩子，甚至把給自己親生兒子的感情都給了他們，到頭來非但沒有得到他們的感情，沒落下一聲好，反倒遭了他們的恨，而且自己親生兒子的情感空白成了永遠無法彌補的遺憾。梅每一次都要責罵唐文皓的養不教，甚至很過分很難聽的話也一起滾出來，唐文皓只是鎖緊了眉，強忍著一言不發，梅看了就更惱火，吵架開了頭上了軌就再也不是什麼遮遮掩掩可以考慮到是否會傷害雙方情感的事了。

世界真的是如陳亮所提醒的那般：變得太快，以至於連眨眼的功夫都不敢怠慢。梅紓雲開始覺得自己非但不能像年輕的時候那般，是時代浪尖的那朵潔白纖巧的浪花，而早就被時代的漩渦甩出了很遠很遠。因為身體不好，梅提早退了休，在家拿著有限的錢，唐文皓單位的效益也不好。本來有著殷實的底子，現在貼了二十多年，再大的駱駝也要被啃成殘骨了。於是梅就開始嘮叨了，無非都是故意點到唐文皓的痛處。看到逢年過節，鄰家的孩子總是大包小包地往家裏送，唐文皓就知道耳根又要不清靜了。

已經很久沒有去看電影去逛公園了，有一次唐文皓提了，梅就開始冷嘲熱諷地說：你以為現在是從前啊？現在的電影票多少貴你曉得嘛？兩個人看場電影再逛逛公園，好幾天的小菜錢都花光了，你又不會再去賺，我只好算著過，也沒有本錢再貼了，算了算了。

唐文皓碰了幾鼻子灰也就不再說此類的話，對梅的內疚和對現實生活的疲憊使他倍感生活的負重，唐文皓時常在這個時候想起年輕時的梅，想起她那時的灑脫和遠離世俗的清新，想起那時她的富於幻想和激情。然而生活的慣性就此拖著兩個人往前湧，是再也騰升不出新的力量來改變這種慣性中的不協調了。唐文皓知道這是自己的錯，遠遠不是愧疚這兩個字所能表達的。

這一天是梅的生日，事先由唐文皓去買菜兩個人在家燒飯，過一個溫馨的家庭生日，也不請朋友來。唐文皓很早就出門了，然後提著滿滿的二大筐菜回來，梅還在床上，難得有這樣恬靜的心，四十七歲了，四十七歲了，梅在心底反反覆覆地念叨，慵懶地躺在陽光裏。

文皓，你說我是不是老了——

唐文皓還沒有在意到梅在說話。

你說——是還是不是。

妳說什麼。唐文皓從廚房側身轉回屋裏，手上還拖著一條鮮活的鯽魚。

我是不是老了——

哪裏，梅，今天我在菜場看到有人在買鮮花，本來我也想給妳買的，可覺得還是貴了點，玫瑰要十塊錢一枝，我想了想還是給妳買了些新鮮的菜，妳身體不好，需要補一補。

梅的心驀地沉了一塊，唐文皓啊唐文皓，以前的你可不是這個樣子的，哪怕是餓肚子也會想盡一切辦法來製造點浪漫的情調，但轉念一想又覺得自己的滑稽，明明是自己一直在嘮叨著要節省，都老夫老妻了，何必呢？

這一天還是過得非常開心的，兩個人一起煮飯燒菜，梅還陪唐文皓一起喝了點酒，然後兩個人出門逛街，唐文皓還陪梅紓雲去老介福買了塊料子，準備入冬後做大衣的。兩個人攜手相依地看看走走，周圍的人很快地從他們的身邊走過，有一些很年輕漂亮的女人也趕起懷舊的時髦，開始穿旗袍。

文皓，你看那些女孩子穿旗袍真好看。

哪有妳當初好看。

兩個人都覺得這個頭沒開好，輕易不談往事已經是不成文的規定了。

梅，妳要是喜歡就再去做一套吧。

我都長胖了，體形都變了，哪裏還會穿得好看，算了，我隨便說說的。

逛了一天就帶著疲憊和些許的興奮回來了。然後就是料理一些簡單的家務，唐文皓說累壞了，想早點睡，就先躺下了。梅還有些未了的興奮和莫名的期待。待一切都料理好，她坐在梳妝檯前，望著鏡中的自己，從那憔悴、單薄亦有些蒼老的身影中努力地去找一些往昔的影子，如塵埃落定地倚在窗前，若有所思的樣子，其實腦子裏也有很多的空白。直到倦意襲上來再襲上來。

梅準備睡了，看到白天買的那塊料子還擱置在沙發上，想到離冬天還有很長一段時間，就拿著料子去開那個平時很少碰的專門放一些冬天用的厚衣被的箱子，想先存放好。梅順手理了一下箱子，平時這些活都是唐文皓一個人做的，箱子的角落有個布袋，好像是裏了些什麼，梅隨手翻開，跳出的是唐文皓和前妻的照片，還有那個女子留下的一些信物，這些東西如此安靜完整地被唐文皓保存著。梅紓雲驀然想到她去整理陳東平遺物時發現的自己的照片，愣在那裏，睡意頃刻間就四處驚惶竄逃了。很久，梅才緩過神來，依原樣將一切放好。

回到床邊，人是恍恍惚惚。思緒像是開了無數個頭，每一個頭都帶著一個故事拼命往前湧，無數的鏡頭都紛紛後擠。那些你以為已忘卻了的，其實都只是在一個塵封的盒子裏，所有的，你以為不會再現的東西竟然是如此完好無損地在裏面，丟失的僅僅是時間。

梅想著有那麼一個清晨，她和唐文皓在這間小屋的幽會，聽他背詩聽他說些痴狂的話，那好像已經是很久遠的事了，以為一切都會那般純美的念頭真是單薄得像蟬翼，梅覺得自己真好笑，單純稚氣得過分，到了成了母親也還沒有完成這樣的蛻變過程。也想著和陳東平的那些朝朝暮暮，想著如果就是那樣平和地在那幢漂亮的房子裏過下去該會怎麼樣，想得累極了，直到再也想不動了為止。

唐文皓那些珍藏的東西觸動了梅心底的那根弦，她想到了陳東平的好，她甚至想到了直到今天她依然還是陳東平的妻子，這樣的身分還沒有改變，和唐文皓那麼多年了，都快忘卻了要去補上這最基本的一份。她想去給陳東平上上墳，那麼多年過去了，這一切從來沒有做過，梅覺得自己被自己嚇了一跳。

男人也許都是一樣的，骨子裏的東西都有些莫名的相似，女人也許從來沒有真正懂過男人——就像男人也永不會真懂女人一樣。女人也許是會懂得她們自己的，只是所付出的代價和時間都太多。

城市已經被陽光和喧囂所徹底驚醒，很快地唐文皓也要醒過來，梅心裏想著要告訴他，剩下的日子兩個人都要好好過，相濡以沫地，攜手相依地過。當初的那個個性獨特、張揚、美麗甚至有些離譜的梅紓雲已隨風而逝，現在這個平凡的女人要陪著他過到老。

愛在別處，生活在更別處，唯有點點滴滴是彼此之間的全部。

只是在今天，梅決定要去給自己的丈夫上墳，了卻一個願望。然後再在生活的潮流中安安靜靜地度過餘下的每一天。

殘片

那個年輕嬌美的女子昨天從七樓那扇窗戶飄下來——像蝴蝶一樣飄下來。整幢樓房頃刻間被各種各樣的聲音融化了。我就住她房間的對門，一想到這個人永遠也見不到了，心裏有一點隱隱的疼。

那個年輕的女子好像很少出門。我們這幢公寓底下有一個花園，非常安靜，一年四季都開滿了花，公寓裏的住戶都有在花園裏散步的習慣，我也經常去。我搬到這兒來已經兩年了，卻沒有看到過她去散步——哪怕一次，也沒有過。很偶爾地，我在走廊裏與她對面走過，這時候我可以看到她的臉，那是一張蒼白的臉，但很美，好像從來沒見過她神情很燦爛的樣子，總有些許的憂鬱，她顯得很單薄，兩頰有些陷下去。我很奇怪，她為什麼老是把自己關在屋子裏。

極少數的幾次，她從樓下的長廊裏走進來，影子比她的人更消瘦。我的心裏曾有過好奇，想知道這個孤獨美麗的女子更多的故事。然而連和她偶然相遇的機會也很少。瑣事和公務讓我難以脫身，心中總有些許的不滿和煩心的事纏得沒有閒暇再去顧及別的人。漸漸地這份好奇心也就黯然下去了。

她死了，人們議論紛紛，但好像誰也不知道她究竟為什麼而死的。據說，警方的人來質詢的時候，沒有在房間任何角落裏搜到一張她留下的紙片，好像她對於這窗前的一躍早有準備了，早把有關的東西挪走了。又聽說，她在這個城市好像沒有親人了。她也沒有工作，她原來不是這個城市的人，像無根的浮萍飄到這裏來一樣的。關於她的履歷和檔案再也無處可查詢，事實上，只要有人願意出面查個水落石出，是可以究竟到底的。她已經死了，誰也不願意再這麼做了。

一個像謎一樣的女人又像謎一樣散在霧中了。樓裏的人都在議論，這麼美的女人怎麼沒有愛人呢？甚至連一個男朋友都沒有，是不是，她有病，或是神經有問題，哪裏有這麼安靜的神經病患者啊？想起來，都叫人有些後怕。

我想起來了。有一次，好像有一次，已近子夜了，我因為加班晚歸，在底下花園的長廊的盡頭，有一對戀人依偎在一起，我聽到低低的抽泣聲，夜太靜了，那聲音被壓得很低，像哀怨的簫聲，那個男人的背影我瞥見了，很分明的輪廓還顯得有些蒼老，那個女人是她——雖然我只瞥見了一眼——但我幾乎敢肯定，一定是她——

那一天，我又累又急，這件事沒有放在心上。現在想起來，會心跳急驟加速，那個女人並不是如浮萍一般沒有牽掛的——她有一個戀人，她一定和他有非同一般的感情，那悲慟的哭聲讓我印象深刻，為什麼？

我甚至莫名奇妙地想到了謀殺？

天哪，這個奇怪的女人突然地跳樓自盡糾得我的神經發脹，我想，也有可能是那晚上我看錯了，或者是我的感覺出了問題。

——反正，我不想再為這個問題傷腦筋了。

事情差不多過去了很久。好像有一年了。對面曾經出事的那個房間一直沒有人搬來住。我也因為有另外的安排要離開這幢樓，搬到別的地方去了。

有一個黃昏，我下意識地走到對門那個曾經出過事的房間，看到門虛掩著，有兩個清潔工在打掃，聽說，是將房子低價出售給了一個異鄉人——他可能不知道這個房間曾經有人跳過樓，在本地，這間房子租也租不出去，知道底細的人都有些害怕。

房間裏到處是灰塵，我不自覺地走進去，感到空氣都似乎已經凝結成塊狀了。聽說，那女子死後，警方曾派人來搜查過，結果除了滿房間的書之外，就是一些誰也讀不懂的卡片，上面寫的句子和文章都是殘片似的。現在這個房子近乎空了，連一張破紙片都沒有了。

就在我想要退出房間的那一瞬間，我看到床頭櫃的夾縫裏好像有一個紙袋的邊沿，我屏住氣，一邊和那兩個清潔工打哈哈，一邊走過去，看清楚了——好像是一個牛皮紙的口袋。我像做賊一樣，不知道哪來的勇氣和速度用力抽出它，夾在腋下，佯裝什麼事也沒有發生，好在那兩個清潔工正在忙著做事，什麼也沒發覺。心跳的聲音已經蓋過了周圍的一切，我幾乎是逃出這個房間的。

這是一個揉皺了沒有被人發覺的紙袋。紙袋裏有一封信，像是一封信，但沒有落款，也沒有注明是寫給誰的，又像是一篇日記，可為什麼沒有記在日記本裏，紙上好像沾過水漬，故而有化開過的痕跡。許是淚水。是那個女子寫的嗎？字跡很秀氣，但顯得很凌亂。

陽光總是像打碎了的銀盤，讓人暈眩。心底裏有幾處迂迴的花園，永遠就像是在潮濕的陰雨時節。我看到你走來，那樣的執著、狂熱還有著病態的孱弱，我也是蒼白無力的。幻想的真諦、力量、美。你都給全了。

事情居然那麼簡單。

本來我已經要飛走了，飛到很遠的地方去。在你灼熱的目光裏我留下來開始了一場生與死的掙扎，本來就這樣真的死去了也無從知曉原來生命裏還會有這樣的跌宕和驚心動魄的痛楚。

我沒有死去，只是像昏睡了過去一樣，然後是窒息逼迫而至，只有是做一個破繭而出的蝴蝶。那種在刀刃上疾飛而過的痛，是置至死地而後生的毅然決然。

慢慢地，就變成了一隻憂傷的蝴蝶。

每個晨曦未明的時候，你的問候就如期而至，這麼久以來，就像一塊燒紅了的烙鐵，痕跡就像三葉草的氣息，心醉神迷卻又可以致命的。所羅門說：普天之下並無新事。正如柏拉圖闡述的一切知識均為回憶。所羅門還有一句名言：一切新奇事物只是忘卻。

愛是為了留給明天的回憶，還是今天的忘卻？——濃醇得可以讓人就此長眠不醒的愛。

人間的一切事情本來是沒有什麼苦樂的分別。你希望時是樂，經歷時是苦，臨事時也是苦，回想時才是樂，換一句話說，眼前所遇的都是困苦，過去、未來的回憶和希望都是快樂，即使是久別、背叛、分離這樣的事情都有快樂在內。所以不必嘆息，要把眼前的事情看開才好。

在這世上倘若有兩個人註定要彼此相愛。那麼在相遇之前，他與她的每一步都在朝著對方走去，不偏不倚。無論有多麼的不可能。

我想起那句著名的臺詞：我這一生，也許只做了一件事，就是——不斷地走近你。

那麼多的山巒疊嶂，那麼浩渺的海洋，那麼廣袤的荒原灘塗之地，還有數不盡的黑夜與迷茫的日子，我們是沒有可能相逢的兩株草。是風，只有風，才有這般充滿神奇的力量，她將氣息揉在一起，只一瞬間，海角天涯就成為近在咫尺了。很早以前就在等待你了，你說。好像從來就沒有陌生過。我是心境慌亂，有著些微微灼痛的，是一個正在關心夢幻的映像是否能準確無誤的呈現在畫布上的敏感而羞怯的孩子。每天我都在聆聽各種聲音，我還沒有注意到，你的心跳加速，甚至開始滴血了。

那封信還像斷翅的蝴蝶一樣安靜地躺在我的書裏。

我只知道蟋蟀在極度痛苦的時候會振翅悲鳴，牠是那樣卑微、弱小，聲音卻大得使自己吃驚。

我只知道爆竹在被點燃的時候會不惜粉身碎骨，它只有一次心，一次身啊，雖然最後是一聲雷鳴！

但我卻忘了，在那悲涼和絕望的一瞬，我忘了有一朵幽谷百合，正依偎在我的心上。

我再也不會悲鳴了，也不會粉身碎骨。只會像陽光下的冰塊，一滴滴地溶化，那水是紅色的。為了不驚了你。

我現在才知道，最初的相識裏有那麼多的契機那麼多的謎，我們居然在執手相握的同時腳上早已被叢叢荊棘刺破了，流了好多的血啊。所以我們都是蒼白如紙的。那一定是如同堤岸崩潰一般的驚奇、欣喜和憐愛，所以忘了痛，忘了有一天會有如臨深淵的絕望，忘了繼續做一個善於思想，聰明伶俐的貓。

誓言，可以用生命來等價交換的誓言，你是這樣沉重而急切地許下，就像閃著銀光橫亙在我眼前的利刃，好像你的頭顱隨時都會撞上它，來讓我這個對言辭依然信任的人做最後的決定。

我們是迎著刀刃輕輕一握的。

我的心碎了。

痛得讓我忘卻呼喊和放手，銳利的刀便順勢在我的掌心勾了一個咒符，那是你親手繪製的只有我們兩個方能讀懂的紋絡。至此以後，我時常遭受到咒符的懲罰。愛，同樣是可以置人於死地的。我不知道你是否也和我一樣，被你親手刻下的咒符所籠罩。

誓言是重如泰山的。

承諾。然後是漫無盡頭的蒼茫的日子。每一次那迎著刀刃的輕輕一握就在峰迴路轉間沒有路了。我無數次地站在懸崖峭壁上，兩隻手只有緊緊的握住刀刃方才得以生還，早已是傷痕累累了。為了不讓你太過心痛，我還會故弄玄虛，有一些故意的任性或是沮喪——都是為了讓最心痛的我在這一幕幕中掩飾過去。怕你憂傷，怕你憔悴——都是為了我呀。有的時候真覺得天地那麼大，我們本該是渺小得可以毫無留情省去的兩個小黑點。可怎麼會那麼醒目，那麼多的關注和無可挽回的遺憾，無路可逃？

我看到承諾在風中被一片片地撕破了。所有的支柱都垮了，我居然還佇立在那裏。居然還沒有倒下去。我聽到江海決堤一般的吼聲在你的心中發出轟鳴。我聽到你整個人都掉進深淵的絕望的痛楚。我還看到你哭了，我的心就像有利刃在縱情地舞蹈……

我們這一生，也許註定要做這件事。彼此走近，走近，再走近。沒有盡頭。即使走得再近，好像也在擔心須臾的分離就要將那麼多漫無盡頭的跋涉一掃而光，將思念和疼痛塵封起來。

一棵枯藤斜倚在懸崖上，還有一株嬌嫩的百合俯在它的腳下，不要走近百合，遠遠地看一眼吧，並且把她深深地銘刻在心上，只一眼，她就要先於那棵枯藤而死了，所以——特別美——撼人心魄的。

眼看著百合憂傷地落淚、憔悴、無聲無息地就要被泥土融合了。

我們這一生，還是註定要做這件事。越過世事滄茫，只是為了走近，彼此迎著刀刃輕輕一握，彼此凝望，然後茫然無措，直至有一天永遠地分離。

每一天都靠回憶來度過。今天又成了以後的每一段回憶。

回憶像是鑽進了蜜罐的蜘蛛，又像在陽光裏徜徉的露水，也像是玻璃碎片上孱弱的蘆葦，是絢爛的，被風吹落的鳶尾花。

你說，從來沒有這樣忘情地投入過，也從來沒有這樣清醒明智過；從來沒有這樣無可挽回的遺憾；從來沒有這樣深入骨髓的心痛、焦慮、擔憂和不安定；從來沒有這樣珍重過；害怕轉瞬之間就物是人非……

從來，從來沒有這樣愛過！

你說，如果可以時光倒轉，一切的犧牲都是值得的。

親愛的，正是有了那麼多的遺憾和無以彌合的傷痕，我才為今天的相逢而感到珍貴，我才這樣在刀刃的頂端佇足，寧可血流成河也不先說告辭，既而又被誠意相邀留下，再留下。

我經常倚在那窄小的喧鬧的窗臺上無所期望的凝望，冬天的殘敗被春趕走了，然後是瘋狂的夏日，秋意漸濃的時候，又一個冬天要來了。我感到周身的力量被漸漸抽走了，好像有一天也要成為無意飄落在窗臺上的落葉一般。想到我們在迷宮中攜手相依的樣子，你的摯愛和耳邊的囈語就如同活躍在田野間的月色，讓我即便在最黯然的時候也會猶疑地走下去，直到有一天，哪怕只留下一襲輪廓，蒼涼而嫵媚地印在記憶裏的一個背景。

想著你瞬間從心裏迸發出的由衷的寬慰和微笑，還有你的淺斟低酌，那種急切的憂慮之中的惴惴不安，夾雜著懊喪的心痛和愛憐，心中的激浪就如百川歸海一般的日漸平息。想著，如何去承受命運的驅使，不再怨尤，僅僅是——為了愛情，為了你！

倘若前方是懸崖，你跳——我也跳！

不要擔心我會粉身碎骨。我所憂慮的是：我像一隻凌空的雛燕，縱身一躍的時候，愛如浮雲會將我托起，我可以折翼卻依然可以翱翔，真情如浮雲細風，會將我托起。我怕你看不到我會黯然神傷，只有思慮方才是重如千斤的磐石，是你讓我如此憂慮，讓我沒有方寸乃至墜海身亡。

人生最終都是一種長短不一的延宕，意外事故不過是將結局提前罷了——所以，重要的不是去面對事故和災變的打擊，而是設法延宕最終期限之前的那一小段時光。

愛可以讓人無畏！

像一株沉睡過去的蘆葦，那麼孱弱、蒼白。卻是有著思想的韌性，千百種的思量就這樣迂迴輾轉。

有件事我一直想做，而且堅信認為必須得做，但我不知道能不能做到——就是尋求人最終被理解的幸福之邦。這個時候，我明白了，女人為什麼無數次地要問：「你愛我嗎？」莫里哀說：女人最大的願望就是要有人愛她。為了愛可以瘋狂、憔悴、愚昧、醜惡、善良、聰慧、才情橫溢……為了愛也可能犯罪。

思想的蘆葦正是依賴著思想，才在千百種的迂迴中沒有倒下，我想就是這樣的。

我愛過你：也許，這愛情的火焰
還沒完全在我心裏止熄
可是，讓這愛情別再使你憂煩——
我不願有什麼引起你的悒鬱
我默默地、無望地愛著你

有時苦於惆悵
又為嫉妒暗傷
我愛你愛得那麼溫存，那麼專一
呵，但願別人愛著你，和我一樣
那個敏感、多情、憂鬱寡歡的普希金這樣說過，你這樣對我說。
我的耳畔還回響著帕斯的呻吟：
寒冷而迅速的手
一層又一層拉回
黑暗的繃帶
我睜開眼
　　我
仍然活在一個
猶鮮的傷口中心
我看到你血脈裏純真、溫和、儒雅還有些軟弱的因子，你的才華橫溢，你的宛如天籟一般動人的低吟，我深深地迷醉，並為此激動不已。

有一類人是有著上蒼賜予的榮幸，從繆斯的羽翼下幻化出來，感知常人無法感知的，遭遇常人無法承受的，然後滴著血唱歌，就像荊棘鳥一般。那種本性中與藝術的相融，斷了塵世般的脫俗，常常讓我在冥想的時候，心裏如暖流奔湧，這是你送給我的最珍貴的禮物，最難忘的銘記，最長久的甜蜜。

在我們許多的談話裏，思想半受殘害，思想是天空中的鳥，在語言的籠裏，也許會展翅，卻不會飛翔。

幾乎我們所有的錯誤都比我們藉以掩蓋這些錯誤的方法更值得原諒。

我曾那樣拋棄了所有的憂傷與疑慮，去追逐那無家的潮水，因為那永恒的異鄉人在召喚我，他正沿著這條路走來。我曾那樣堅強和純真，直至粉身碎骨，一無所有，也微笑如往常。

你仍然佇立在我煙濤渺茫的背景裏，間接地是一種力量……間接地你任憑自然的音韻、顏色，不時的風輕月白，人的無定律的一切情感，悠斷悠續的仍然在我們中間繼續著。一片的沉靜，永遠守住我們的靈魂。

我想告訴你一個猶太人的智慧。

鐵被製造出來的時候，世界上的樹木為之驚慌顫抖，神對樹木說道：「不用害怕！只要你不提供柄，鐵就傷不了你」。

不要憂傷，也不要垂淚。

我看到我們正在失去那些能象徵永恒的東西，而且好像我們已經漸漸失去。我們在熟悉歲月的同時，正消磨著歲月能借予人的精華。我每天在想一些無關緊要的事。它和我們真正得過的生活擦肩而過，卻沒有融合。我常常懷念我從前是多麼堅強，根本不顧時間的腳步如何匆忙——它要求人們有目的，而我依然沒有。我更多地在想人究竟為什麼活著？想得毫無趣味和結果。可是，我無法停止這樣的思索和想像。

一遍又一遍地溫習你對我如浩渺江海一般的深情、愛意。反覆在一遍又一遍的溫習中猶疑、驚痛和驀然回首時的淒楚。

我聽到你含著驚恐的低低的自語，請不要離開和決然，倘若沒有你，再也沒有以後的延續了，千里決堤的江海會凝固在瞬間——倘若沒有你的愛。

我們一次次握別，彷彿是為了一次次的聚首，一次次的離開是為了等待再次歸來。你永遠佇立在那裏，滿含熱淚，激情暖意地伸展雙臂，等待我這個任性、疲憊、心痛的孩子被你寬大的羽翼全然呵護。

看到眼淚從你的臉頰上滾落下來，猶如遭遇滂沱一般驚恐蒼涼。

我常在細節的追憶和回味中躲過一場又一場的孤單寂寞和被掏空心一般的無助——當誓言與承諾如萬層樓宇轟然倒下的時候。在無數個分裂的我之中去尋找一個支點，我堅持著對人性中最真誠善良一面的珍重和尊崇，所以我相信「可以被原諒、寬容、理解」是人類幸福之邦的極地。我固守我的崇尚，並且相信她將是支撐我整個人生的最後的支柱，好像在為一個遙不可及的海市蜃樓耗盡心力，這種虛幻的力量竟使我有勇氣和力量承受我無法承受的，接納我無法接納的。

我原以為只要有足夠的勇氣和智慧跳下懸崖，那將是一個溫柔寬廣的海的懷抱。然而迎接我的是充滿荊棘的峽谷——我沒有碎骨，只得接受生命最嚴峻的考驗。傷痕、痛苦早已在縱身一躍的時候註定。

這樣濃醇的愛戀和命懸一線的執著，是你留給我的至死不忘的紀念。即使在我最痛苦的時候，我也可以想像出你為了我所付出的一切的真情，生命是溫情為我而重新返回氣若游絲的軀體。頹敗、沒落的人生本身，便是對人的一種懲罰。故而，我相信，我所有的付出都是值得的。我們都在極度的孤單裏體味到人生的種種況味，在思念和思索的黑暗、狹窄、逼仄的甬道裏感知為愛而存在的本質，在這樣磨人的時光交替裏完成一次次的蛻變。

你大聲地疾喊：不要離開，如果一旦失去，除了失魂落魄就是對生的絕然。

我在你痛苦的呻吟裏將自己的生活輾碎，居然也是一種甘心情願。

執手相握的一瞬，無意間的戲語歡笑，驀然的凝視，無數個如天籟般的鈴聲，還有那些老套的情話。是沉默的，安靜的，平靜之下的翻天覆地，即便是在最豪華的盛宴上，在華衣錦服璀璨燈火閃耀之間，投在杯盞的微微示意也是讓人怦然心動的。

我是這樣柔弱的、微顫的，帶著倦意和病容的，你把我畫成了一個天使，無與倫比的美麗和出眾。那種破繭而出的感覺真的是那樣的芬芳，是只有我聞得到的。不要以為那些恭維話是僅僅送給我的，是你讓我在病中依然能綻放出神采和柔美，即使是低到塵埃裏也不會被吞噬掉。

無數次我已經痛下決心要轉身離去了，不願再在這樣的漩渦裏駐留。是你含著愁容的凝望和一次復一次的切腕之痛讓我停留再停留。

這一生我們註定要被這樣的咒符所籠罩：彼此走近，走近，再走近。——哪怕是為了一次無望而久長的凝望。

從來就沒有這樣的絕望和無助，那種痛的感覺是不可言說的，失去信念的感覺就像在自己的人生構架上拆去一根根堅固的柱子，然後看著自己墜落成一片片碎片。

比起這一切，我的怨尤實在是太過於輕淺了。

想不要再言說，想無須再堅持，想就這樣在無數個黑夜裏凝望黑暗，想學會讓愁慮無緣由地升起又無緣由地飄散。驀然間，又想到你往昔裏種種的付出與執著，於是，一次次又做回一個寡斷痛苦的自己。

走向人類的心路，永遠比走向外部世界漫長得多。我開始遺憾，為了自己。為我將來的人生擔憂——如果健康允許我還能有久長的將來。

每一次當謊言和怯懦還有虛偽在這條本來已逼仄的甬道上出現的時候，即便是一丁點兒，我就覺得像童話裏的公主，哪怕遇到霧氣也會變成魔鬼，是裂帛的聲音，從周身響起。

我這才發現，這麼多年來，我還是對愛情懵懂無知的，在構築的同時失去最美好的。是一種無處傾訴的悲哀，讓我失去神采乃至憔悴，美麗被凝固成乾花，是帶著殘忍的未來。

那麼多個日日夜夜我都在對自己說：堅持下去，崇尚一定是可以堅持的，信念是值得奉獻的。即便是屬於我的破滅了，也不能說這一切是不可信的。個人的不幸是不足以否決人生信仰的，在不幸之中繼續，是一個信念的殉道者的本分。

我至愛的人，你看著我在荊棘遍布、刀刃林立的荒原上縱情地舞蹈，是否可以回饋你給我的愛情了？

想像著像個精靈一樣，柔若無骨被捲入洶湧澎湃的藍色的漩渦裏，在深邃裏，陽光的滾動，天堂的流水聲，呼嘯而過的塵土飛揚，黃昏最後一縷光線的出現，柔美絕塵細膩精緻優雅的輪廓，是我們共同留在畫布上的傑作。我把這些凝固的傑作珍藏，是為了相信自己曾經有過如此的幸福，曾經這樣美麗和憂傷。不僅僅是為了回憶。

黃色的玫瑰在我的房子裏瀰漫嬌嫩芬芳，滄桑的柴可夫斯基不時地訴說往事，路易馬盧的濃情智慧偶而也會給人帶來歡愉，可這裏永遠瀰漫著海水的嘆息聲。

我最怕子夜風吹打窗櫺發出的聲音，好像要與一個入侵者隨時進入廝打的境地，我有沒有告訴過你，恐懼是促使一個人從膽小變成無畏的最好的良師。我是在無數的恐懼中蛻變成熟的。

我並不想做絮叨的樹枝，然後憂鬱和嘆息，就像綿延的海潮無休止地此起彼伏，知性使我不會瘋狂，感性使我沉潛得沒有方向。我聽到那個來自心靈深處的你的呼喊——我們不可以分開，斷裂的自我將化為幽靈永難以彌合。

你這樣一個多情、懦弱，溫和、有天分和才華，有著憐香惜玉的本能，卻又為此付出代價的人站在我的對岸，我想著如何讓你在凝望我的同時讓我們互道珍重，緊緊地握手，然後再讓我從你的掌心抽回，讓我在驚痛和遺憾中也能忘卻怨恨和悲哀，讓我能堅強地對自己說：一個人一生中可做的事很多，眺望風景或是凝望一幅畫足以耗費掉大半個生命。

愛，從某種角度而言，意味著永恒的失去。

我已經不是那個盲目相信諾言的人了，你不知道，這是我最大的悲哀，最深刻的憂傷，最痛苦的記憶。

但我還是相信你是那樣地獻出你生命裏所有的最後、最熾熱的感情來愛我，這樣的愛情曾經是如此熾熱和純真，所以讓我可以像飛蛾撲火一般的堅毅。我很憂慮——曾幾何時，已然春墜?

我站在懸崖的頂端,不知道前面的路在何方,也不敢挪開原來的位置,生怕稍有閃失,粉身碎骨。愛——不會虛榮地將自己展現出來,最大的人生愉悅就是給予一個人比他所希望的更多的東西,使他感到驚奇。音樂出現在最沉寂的時刻,歷史總是重現在最破敗的地方,愛和生命總是強烈在最荒蕪的感受中。

我相信生活中有一些原則是不可動搖的,有一些追求是值得犧牲的,有一些經歷是無可避免的。我不想虛僞、朦朧、卑劣地存在於這個世界,我堅信,有一些純粹是必須的。

親愛的,我又聽到心碎的聲音,如裂帛一般。我們站在一起,為了那無法言語的愁怨,我敢肯定,我們彼此的思量不一樣。雖然,情感已如決堤的江海將我們淹沒,然後,我感到心已沉到海裏去了,是冰涼的感覺。感受著你擁抱的力量,看到你眼中的柔情和無奈,聽著你的囈語,我把痛和對痛的失望留在齒間。當錯誤也能被我寬容,當滿地碎片的誓言和承諾也能串起當作華美的項鍊掛在脖頸上,當我固守的追求嘲笑我是一個生活中的反角的時候,我是無言的凝望,無聲的抽泣,是沒有人愛憐和體恤的個體。

你說,我拯救了一個無望的生命,給他勇氣、力量和生的慾念。如果真是這樣,那麼感謝上蒼所賜，我還可以有一個得以依存下去的幻象。那些聞著茶香，低聲細語的午後讓我回味起來永遠是最動人的。心的距離幾乎就是疊映，我病弱的軀體忘卻了勞累和興奮是一種自虐，最初的那份坦誠裏有著我們共同締結的盟約。所以，我決定跳下懸崖，是一次對生命莊重的許諾，對責任勇敢的擔負。

這一生，我們註定了要做這件事——走近，走近，再走近！哪怕只為了一次無望的凝視。

我摯愛的人，我已經感到有些精疲力竭，心力交瘁。我想到一個安靜的角落裏固守我的崇尚，擁有我的生活。喧譁和「兄弟友愛」般的熱鬧以及名利的攀升都使我厭倦，我只想自己迴腸蕩氣般的柔情能找到一個呼應者。對未來的生活我少有熱望，生命是太過孱弱的東西，悲劇時刻都會上演——雖然我們必須樂觀地活下去。我們曾在茫茫人海裏相遇相知相愛，我們曾是悲歡與共的知己，相依而存的個體。我不想再在漩渦裏掙扎——無論還有什麼樣的藉口可以掩飾。

我還是決定原諒你，也原諒我自己。

記住所有的往昔，無論是歡欣還是悲愁，我都不會忘記。我想留在角落裏，看著你去為人生最後的輝煌和榮耀做最後的努力，或是有一天看著你暗淡下去。我都把最誠摯、美好的祝福送給你，希望你能實現你的心願，你的快樂和寄託。寂寞和孤單對你而言是太過重的負擔，你無法把她當作每日的早餐一般享受。

我真的為你感到憂傷，也為了我自己。

我擔心終有一日你會遺憾，在人生的所賜裏，你我可能失去一次最珍貴的愛情，最值得的捨棄，最永恒的回憶。我一直都想告訴你，手裏如果握著沙子，即便再多，終有一日也會從指縫裏流走。我擔心有一天，你會為那些無謂的付出而悔意不淺。

我現在都不敢相信我居然如此堅強。失去一切的一切只為了一個盟約，一次怦然心動，一個懸在半空的誓言。為了信念可以如此堅決。我開始有一點為自己驕傲和驚奇。

我想念著那份氣息間瀰漫的帶著甜牛奶香味的黃昏，一次背後的擁抱，一個讓人忍俊不止的笑話，一次散步時指間若有若無的牽引，一年四季的玫瑰，一盞濃醇的茶……

我還想說，還有好多好多愛意我要表達。親愛的，信仰不能摻假，人的摯愛、勇氣都要貫徹到底，那種為某一句話而激動，兩頰發燙，徹夜不眠的感覺，是一種純淨得讓人心顫的感覺。藝術和信念的海洋使我們僥倖得以生還。

我們往事的往事，過去時光裏睫毛上的一滴淚珠都銘刻在我的記憶裏，這一切使得我始終無法釋懷。我一直想做信念的追隨者——哪怕不被人理解甚或被世俗放逐到荒僻的遠方。親愛的，請再像往日那樣給我力量，讓我有勇氣與粗糙的石頭相磨合抗拒著將歲月的庸常變得驚心動魄，讓我有勇氣繼續愛你。人們總是貪念著以後的人生饋贈，所以會輕易地拋卻手上握著的彌足珍貴。我知道，我以後的人生裏縱然再有奇詭的風景，而像現在的這般的真純是難復再現了。所以可以在嚴寒時節，襲著薄如蟬翼的衣紗，淺唱低吟直至拂曉；所以消瘦而安靜，憂鬱得像冬日裏的一片枯葉；所以美麗和燦爛的笑容僅是留在畫布上的一種記憶。所以，你要那麼深地為我憂慮，扶起我就像捧起一支羽毛一般的小心翼翼。

親愛的，這一生，我們註定了要做這樣的一件事：走近，走近，再走近——哪怕只為了一次無望的凝視。

你不知道，我有多麼地心存感激，我知道有些東西有的女人一生都沒有機會經歷和擁有，對我而言，是所有的星星都掉進一間屋子了，不僅僅是明亮的問題。

我要怎樣繼續，才能不辜負你給我的愛情，不讓你有墜入峽谷的絕望，不讓你如同站在風起雲湧的十字街口般的不知所措，不讓你永遠地失去希望、等待和一個溫柔的擁抱？

想著你說，時光流逝了，而我們還在這裏！

想著你給我的這一生裏充滿傳奇和濃醇的愛情。

我們這一生也許就是為了做這件事，走近，走近，再走近！

我已經聽到周身的潮水洶湧漲起，那種墨藍的、質感的海水讓人心生迷戀，你的吶喊是低迴的風聲，海水的氣息瀰漫著你的濃情，你總是溫情地擁抱孱弱的我——在風浪起時讓我不要恐懼，讓我依偎著你來獲取溫暖、力量和勇氣，不管海的那邊是否有我們共同期盼的寧靜，這樣的相濡以沫的朝夕是難能可貴的人性。感謝你，賜我以神奇，讓我有勇氣去挑戰自己的極限，信念的極地。我是這樣深情地注視你，也是如此無望地眺望遠方，不管怎樣的結局，是你讓我的青春歲月無怨無悔，讓我在愛裏學會人生最值得珍惜的情義。

親愛的，有一天，如果我不再年輕，我可以有一段漫長的歷程來回眸深思，我還是要在心底對你說——我這一生也許做了很多事，最讓我難忘的也許就有一件，就是，不斷地走近你，也看著你走近我，無限的——為了愛，還有——我們的愛情。

我一直收著這個紙袋，搬離那座大樓後，曾經回去過一次——心裏也明白，其實是沒有什麼線索好尋的了。

不知怎地，那個黑夜裏，那個輪廓分明的男人的側影時時閃動在我的記憶裏，時間久了，就像貼起來變得困難的老膠片。我留了一張卡片給那個新房客，告訴他，如果有事可以打電話來找我。很久以後的一個深夜，我接到一個電話，是那個新房客打來的，說前天，有一個神色憔悴蒼白的人曾經來過，他只是說以前有個朋友在這裏住過，問是不是有東西留下過，其餘的就一個字也沒說，愴然地走了。

我的心裏驀然地沉了一塊，那個紙袋像個孤魂野鬼一樣留在我這裏，而它的主人和可能成為它的新主人都要永遠地與它訣別了。我知道那個陌生的男子以後是不會再出現在那幢樓裏了。

曾經有一段時間我很後悔，希望那個人出現，想有機會把這個紙袋裏的東西留給他，我確信，這和他有關係。然而，我現在已經不這麼想了，可能是那個女子根本不想把這個東西留給他——她在死前，曾經是那樣清醒地處理好一切，如果她真的想給他，她可以寄走，或者根本就是跟那個男人沒有關係，如果我冒失地隨便給了什麼人，是冒犯了她，幸虧，我沒這麼做。

我開始慶幸我做了一件好事。

然而，這件東西留在我這裏，常常讓我想起來坐臥不寧，好像一個幽魂飄在我的房子裏，她時而嘆息悲戚，時而歡欣熱烈，常讓我想起那雙憂鬱美麗的眼睛。有幾次，我又想到了她像蝴蝶一樣飄出窗口的樣子，只是不是直線向下墜，而是真的就像蝴蝶一樣往上飄，柔美極了。

很久很久以來，我都珍藏著它，從不示人，甚至自己都沒有勇氣再完整的讀一遍，那個冰涼的紙袋裏裝著一個少女熾熱的心，永遠那麼熱，我怕，會被燙傷。

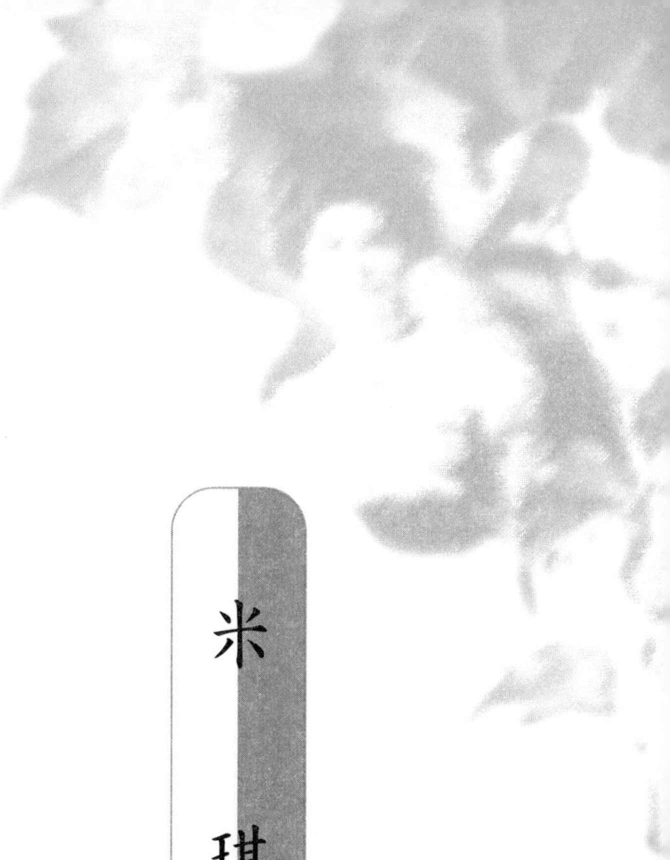

米琪

這個孤獨的老頭總是這樣叫我。

米琪——米琪，用各種各樣的聲調。自從來到他這個家以後，這樣的聲音已經讓我十分熟悉了。我已經慢慢學會了不再隨時答應，因為我感覺到，其實，我是不是隨口答應並不重要，他也就是這樣喊幾聲，只要知道我在房裏就行了。

我是一個小松鼠，我們這個族群本來生活在北方，那裏的寒冷和參天茂密的森林曾經是我幸福的家園，那時的我沒有記憶，最多只能記住當天的事，那是我們松鼠類的共同特性，那時的生活無憂無慮，歌聲是我和我的同類們唯一交流的語言。我們是很長壽的一類，幾十年，甚至上百年，都不在話下，生活是非常單純的。後來，有一些從南方來的尖嘴猴腮的刁蠻之客，手指素白尖長，心腸墨黑。專門來捕獵我們這些松鼠。然後，拿到南方的集市上去賣，關在籠子裏，被人買回去，當作寵物。

聽說，我們一旦離開這片寂靜、廣袤、荒僻的家園，去了南方，大約就只能活一年多，最多活不過兩年。所以，同伴們都很恐懼，一聽到有捕獵的風聲就惶惶不可終日。但也聽說，一旦離開這塊雖然安寧，但只有愚昧和混沌的世界去到南方，就可以有記憶，可以聽懂那些刁蠻之客和他們的同類們的語言，可以打開久為封閉的靈性。傳說，松鼠曾經是百獸中最機靈聰慧的，因為嬌美優雅天資過人，故而恃嬌而驕，得罪了神靈，被降為只能發出細聲，長得嬌小，作為陪襯的「小可愛」。我自幼是個孤兒，每每在空曠的林間蹦來跳去的時候，心中常有悲戚。我渴望與人交流，打開那被封閉囚禁的靈性，留住記憶，可以在孤獨的時候慢慢回味——哪怕是痛苦的。我想知道林子之外的世界，那種有心靈的自由和理解溝通的世界讓我心生迷戀。雖然，會被關進籠子，但能聽懂語言——人類的語言，留住記憶，這一切，深深地吸引我。我的那些同伴們害怕到南方去，最主要的原因是害怕短命，我也希望活得長久，可是這樣活著讓我厭倦，我心底有的時候有一種可怕的念頭——讓那些人抓住我吧。去了，不久就要面對死亡，可不是說還有將近兩年的時間嗎？我想，如果能滿足我長久以來存留在心裏的願望，離開這個沒有語言、交流、記憶，讓人孤單的地方，哪怕只活兩年也是值得的。我只把這樣的念頭埋在心裏，不敢對任何同類講，我想旁的松鼠會視我為「瘋子」的。

我是故意讓那些捕獵者抓住我的嗎？我不敢確定。反正是我動作不夠敏捷——可能是下意識裏有猶豫的成分。我被逮住了。很快被運到南方的這座繁華的都市。從離開森林的那一刻，我好像就陷入一種睡思昏沉之中，幾乎沒有知覺。我還是處於沒有任何記憶的狀態，對於過去一天以上的事，我已經不記得了。好像是過了很久，我感到周圍是那麼熱鬧，呼吸變得異常困難，一切都是那麼新鮮，讓我好奇、興奮。耳朵裏充滿了各種各樣的聲音，可我什麼也聽不懂。

關於那些傳說中的離奇故事，是我到了這個叫歐陽翰的老先生的家才明白的，傳說不僅是真的，而且還有更離奇的，我不僅能聽懂人類的語言，而且還能聽見他們心裏的話。可惜的是，我只能聽，不會說，依然只能用細小脆弱的聲音來表達意思。這個叫歐陽翰的老頭常讓我驚訝，他總是能理解我的意思——幾乎沒有任何偏差。

那一刻的到來讓我在頃刻間如遭電擊。人類口中發出的讓人耳膜發脹的聲音轉瞬間變得悅耳，像有神靈附身，那些言語雖與我們松鼠類婉轉細潤的聲音迥然不同，可我字字句句都聽得明白。一想到是用我幾十年的生命換來的，心裏就頃刻間黯然下來。

我被這個叫做歐陽翰的老人領回了家，不知是福是禍。我是豁出了命來，想聽一聽人類的語言，感受那種彼此相通的情感，彌補在我和我的同類中的「本性缺失」，然後帶著我的同類無法感受的情感滿足地死去——以折壽為代價。可是，他們家很少有語言交流，總共只有兩個人，除了他和他的夫人間隙性的狂風驟雨般的吵鬧，大段的時間就是沉默復沉默，房子裏是那種帶有淒涼的安靜。然而，他沒有停止過自己和自己的說話——無時不刻的，哪怕是在上廁所的時候。他對我格外愛護。外出回來，一進門，就大聲的叫，米琪——米琪，然後自己對自己說些話，像是說給我聽的，又好像不是。

人類並不知道我付出了這麼大的代價，而且真的能聽懂他們的話。他們對我說一些什麼，在他們心底，並不認為我真的懂，他們只是寂寞，需要有一個傾訴的對象。歐陽稍稍有些不同，他好像真的把我視作他的朋友，凡是能帶著我的地方都要帶我去。在家裏，他不太言語，除了看書就是沉默——這時候，我就聽到從他心裏流過的每一句話了。他好像很害怕和他的妻子說話，沒說上幾句，彼此的分貝就急劇上升，然後一些不堪入耳的詞彙就傾瀉而出。每一次，他都漲紅著臉，氣得眼冒金星，血壓驟升，躲到另外的一個小房間裏，有一次，我看到他哭了。

現在是子夜兩點，我本來已經在我的籠子裏睡著了。隔壁的房間裏又剛爆發了一場世界大戰，我被吵醒了。歐陽翰又從「戰場」上慘敗而歸，他躲在小房間的沙發上，沉重的嘆息聲，心底裏是哀傷而憤怒的話語。

生活到了這樣的境遇，唯剩下死亡是最後最美的誘惑了。甜美、溫馨是早已蕩然無存了。我只想安安靜靜的過完餘生——已經是屈指可數的餘生了。忍受著常人無法想像的屈辱和痛苦，是因為我終究對這個活生生的世界尚存依戀，我終究是懦弱的，沒有決然的勇氣，最最重要的是，在這個世界上還有一個人——唯剩的這一個，是我所愛的。儘管，我沒有辦法看到她，更沒有可能和她共同的生活在一起，即便她現在去了另一個世界，我們的心還是相通的，我答應過她，要活下去，我已經辜負了她，不能再不負責任的撒手而去，雖然是氣若游絲地活著，很多重逢的場景只能在夢中編織，但那的的確確是支撐我活下去的理由。只有她——只有她，是這個世界上唯一讓我心中依戀，不忍違背的，否則，我早就自行了斷了。

我是一個被社會遺棄、羞辱的人。各種各樣的謊言和誣蔑像流行感冒一樣四處蔓延，我早已被支離成碎片，任何的解釋都是沒有用的，我也從來沒有想過要解釋。人們都不知道事情的真相，可能在我活著的時候，他們永遠都不會知道了。我要帶著羞辱和嘲諷離開這個世界——事實的真相將和我一起走，除了她，只有她知道事實的真相，並和我相知，同情我、理解並深深的眷戀。

隔壁房間的那個女人呢？是的——她是我的妻子，可是，我們早已是被囚禁在一個屋簷下的一對充滿仇恨，互相厭惡的鳥。有的時候，在我們彼此狂怒爭吵的時候，我想，我們簡直就像兩頭野獸。更加可怕的是，她同時還是我的牢籠。你問我為何不掙脫？如果我告訴你即便是豁出了命，也無濟於事，你信嗎？你知道嗎？一走出那扇門，我就有可能陷入別人布局好的天羅地網——而她是他們的同謀。她餘生最大的目的就是要折磨我，二十年了，我們有將近二十年沒有過任何親近，以前，我還能躲，躲到可以找到片刻安寧的地方，現在，我的一些不合時宜的言論和行為惹得一些人很不愉快，為此，我幾乎惹來了殺身之禍。現在，我失去了名譽，被囚禁在這個房間裏，出了門是天羅地網，待在屋裏是受到嚴格的控制和隨時的辱罵。我這一生都在尋找自由——然而，卻是被自由徹底拋棄的人。好幾次，我都想從陽臺上徑直跳下去，就此，所有的煩惱都解脫了。聽說，離開這個「生」的世界，人就遠離了彼此折磨、怨恨、陷害，在那個「另它」的世界，可以找到人類夢想的理解溝通的極地。善良、寬容、自由，最重要的是自由。聽說，放棄了「生」，就可以實現夢想，我曾經是這樣渴望，如今，我在這「生」的世界多了一份牽掛，所以，連去死也變得不可能，每天，就看著傷口流血，痛到麻木卻不能了斷。我的妻子知道我的弱點，也知道我被視為社會上一部分人心中的公敵，她知道愛情早就在我們之間蕩然無存了，可是，她可以挾制我，她如此地仇恨我，是為了報復，因為，我背叛過她——是的，我背叛過我的婚姻，而且，不止一次——

我耳畔傳來歐陽的心靈的獨白是越來越輕了，輕到聽不見為止。他實在太累了，終於在憂心忡忡中昏沉沉地睡去。現在已經是凌晨五點了。我也被折騰得精疲力竭，那位老太太在睡了一小會兒之後也醒過來。我通常聽到的她自己對自己的言語是充滿了憤懣，和對歐陽無窮盡的埋怨咒罵。這是一個很可憐的女人，我能感受到的是她心底裏如阡陌交錯般的傷痕，一點也不比歐陽翰的少，她如同一根孱弱的蘆葦，早已被世事滄桑歲月更疊折磨得形同枯槁。然而，你卻想像不到，她脆弱的生命裏迸發出來的韌性。支撐她的一個重要的信念就是要比歐陽翰活得長久，看著歐陽翰死在自己之前，了卻人生最後一個願望。聽——天還沒有全亮，她就開始發洩了——

我把這一生最美好的時光都獻給了他，陪著他歷經這幾十年來的風雨。因為他和別人不同，每一次「社會變革」都少不了他，而且都是惡運。這麼多年來我沒有過過真正幸福快樂的生活。而他一直對我很冷漠，我是當了近二十年的「活寡」，無數次的，他提出離婚——在我還沒有這麼老的時候，生活對我而言只剩下一張「面子」，我也別無所求。我就是和他一同去死也不會放了他，直到有一天，我突然知道這麼久以來，他一直都在背叛我，他愛著別的女人——其實，私底下我都能感覺到。只是這一次變成了一個眾所周知的醜聞，我唯剩下的一張「面子」被撕破了，多年來淤泥般的惱怒和羞辱讓我想到了死，仇恨掩埋了我所有的理性，我要拖著他一同去死。命運對我太不公平了。他對我說，他很早就不愛我了，甚至，從來都沒真正地愛過，幾十年來，他提過無數次的分手，是我把他捆在這個墳墓裏，他的幸福被殺戮，我害了他一輩子。

你問我為什麼不同他離婚？年輕的時候，我曾經非常愛他，而且我也相信他愛過我，儘管他現在不承認，但我相信他一定愛過我的，後來——我們結婚後不久，在我們生活的這塊土地上，人的命運都不是自己所控制掌握的，我們就像是風中孱弱的蘆葦，在翻手為雲、覆手為雨的日子裏，人的尊嚴墜入萬丈深淵，而我們面臨的就是久別——長久復長久的分別。我想，他就是從那時候起不愛我的，愛，是經不起分別的。我們不太相同，當然，這是在婚後才慢慢發現的，他總是嫌我脾氣暴躁、不理解他，還有，歲月的蒼白和他的冷漠早已讓我對生活失去了信心——我無心打扮，經常是蓬頭垢面，將近十年分別後的重又相見讓我們如同陌路。我們還需在一間房子裏共同生活，可我知道他從裏到外都已經背叛我了。我憤怒到極點。如果，我們生活在一個平和的溫馨自由的年代，那麼，就不會分別，也許，他就不會愛上別人。可我的恨總是要發洩出來，「社會」是一個空茫的詞彙，而他是我唯一找到的最合適並就在身旁的人。爭吵一旦開了頭，就像無軌電車，我用最不堪的話來表達我的憤恨，我喜歡看到他被我激怒，讓他痛苦可以聊以發洩我心中鬱積的仇怨。後來，我也慢慢意識到早已不再愛他了。但我已經老了，失去家庭我便一無所有，兒子——這個世界上唯一讓我能騰生起愛的人，他在太平洋的另一邊，他愛他的父親勝過這個世界上的一切。對我只是一種天性中的母子之情。那個死老頭依然風度很好的樣子，這兩年他開始有些掩飾不住的頹唐和蒼老，也時常疲倦之極，醫生說他的心臟出了問題，可我知道在他的心裏有一個人，我用盡了辦法想把「她」掏出來，可他就是不說。我已經什麼都沒有了，我不能看著他去快活，我寧可和他同歸於盡也不願讓他得逞——

我真的累了，自從我到這個家來，他們的吵鬧我都快聽厭了。包括在他們心底裏的。原來，我以為傳說裏的話是真的——在人類的世界裏有非常豐富的語言，不像在我生活的森林裏，交流的聲音十分單一。可是，我沒有想到這是一把雙刃劍，同時可以製造出那麼多不堪入耳的話。我經常看到歐陽翰緊閉著雙眼，眉頭幾乎鎖在一起，臉上的皺紋深陷，神色蒼白，有時就像死過去一般。這個時候，他的心裏也是十分安靜的——死寂一般的。聽不到任何聲音，甚至連心跳也聽不見，讓我害怕。

我實在太睏了，是在他們的埋怨聲中慢慢睡著了。

等我醒來的時候已經是黃昏了。

每天這個時候，我總是很開心。歐陽翰有散步的習慣，除了傾盆大雨才能阻止他。他總是把我揣在懷裏，親暱地撫摸我的毛，不時地和我說上幾句。他一踏出家門，心情就好像輕鬆很多。可那個老太太平時總是看著他，不許他出門，說是他出門是為了會「婊子」，然後，又是一頓大吵。每一次，歐陽總是十分痛苦。她還盯過他的梢，搞得歐陽在朋友們當中很沒有面子。很多時候，為了息事寧人，他就把自己反鎖在小屋裏哪裏也不去，為了耳根清靜。只是，散步這一習慣他不放棄，反正總共也只有一個小時，那位老太太也不再管這件事。我是從歐陽的那些朋友那裏知道，歐陽是一個很不容易的人。除卻外表所看到的瀟灑外，他還曾經是個別人尊重仰慕的人。聽說，他曾經非常有名，不過，他自己好像總是不自覺地在周圍的人情緒都往高處走的時候，頃刻間黯然下來，好像總有一根無形的繩索，重如磐石，牽著他的心，讓他無法從一種無望和驚痛中徹底擺脫。

歐陽帶著我，就這樣逍遙地走走，不時的會在這條寂靜的小街上碰上一、二位認識歐陽的人，與他打招呼，他們叫他「教授——」，歐陽並不認識他們，但他的臉上始終都是那種淺淺的溫和的微笑，只有我知道，其實，看到的人，聽到的招呼，他都沒有裝到心裏去，在臉上滑過的一瞬間也就滑走了，他的心裏不是平得像一塊玻璃就是山崩地裂，日常的情感的漣漪對他是不再能輕易「經意」的了。他總是走到拐角的街心花園的石板凳旁，然後拿出事先就備好的報紙鋪上，把我從懷裏掏出來，讓我隨便走走，他靜靜地坐在一旁。他也知道我走不遠，從一進他家的門，我就開始有些失望，我是做了一個「巨大的犧牲」才換來今天這一切，擠到人群中，想感受人類的情感和語言，可在歐陽家卻偏偏是最缺的。然而，我卻從來沒有想過要溜走。其實，要從他們家溜走是最容易的，幾乎沒人管我。我也經常因為沒有他們的照顧而沒有吃的。我總覺得歐陽翰很寂寞，他把我這個小松鼠也當作可互相憐惜的對象，晚上，他一個人睡在小屋裏，我就在他床邊的一個小木櫃裏——那是他為我特製的床。我經常聽到他輾轉反側的聲音，還有在心底裏的哭聲。

我就在這個街心花園走走，偶爾，也會爬到樹上去玩一會。只是，這裏的樹太矮了，一點意思也沒有。歐陽會間隔幾天帶我到稍遠一些的一條安靜的街角的盡頭。那是一幢有些殘破的歐式建築，可能是很有些年頭了，故而，房子顯得很舊，好多窗戶都破了，院子裏雜草叢生。顯然，房子裏沒住人——以前住過的，現在沒有了。我只聽到歐陽在心底反覆念著兩個字：安琪——安琪，有的時候，他的眼眶都濕了。不管有多動情，也要趕在一個小時內回到家，否則，就要被那個老太太訓斥了，稍微過一點，就有可能挨罵，她可能又要翻老賬了。她每天都要問，今天碰到什麼人了，歐陽就說，在街心花園坐坐，他絕口不提在老房子面前站了很久，還經常掉淚的事，他從來都沒提過。我想，那是歐陽的秘密，也是他為何常常黯然傷神的原因。

我到南方的這個繁華都市已經有三個月了，我開始感覺到自己開始有些虛弱，常常是呼吸困難，極易疲乏。我想到了那個可怕的預言：生命變得屈指可數。和歐陽翰好像是越來越像，他也常常在心底為自己的遲暮而傷感。

今天，歐陽翰要帶我去會朋友。他不常出門，朋友也不多。只有一些固定的朋友的聚會——通常是一個月一次。他總是很淡然的樣子，也知道朋友們有時會在背後編排他，他只是裝作什麼也不知道的樣子，每個月的頭一個禮拜天，在這家五味齋飯館聚會。

我不知道歐陽是不是真的很清楚地明白那些人心裏的意思，他也只不過是揣測而已。可我卻能聽清楚他們每個人心裏的話。不聽倒也罷了，越聽，越生氣，心裏既難過又失望。明明在心裏充滿了妒忌和猜忌，還時常在心裏發出輕蔑的嘲諷，可堆在臉上的都是像山花一樣爛漫的笑，還有嘴裏發出的聲音也像是從蜜罐裏剛剛撈出來的。讓我感到渾身肉麻，這就是傳說中，人類之間的真誠和理解之邦的極地嗎？歐陽翰是在他們心底裏編排得最多的，我也不知道到底為了什麼。聽——那個乾癟得像黑棗一樣的男人又開始在心底嘀咕了：

這個歐陽翰總是那種瀟灑風流的樣子，也真是奇怪，再大的打擊也擊不倒他。聽說他現在是「虎落平陽遭犬欺」，不過，外表倒也看不出來。這個人一輩子都在風雨裏折騰，和他相好的女人也不知有多少，別人說，他的祖上是滿人，又有說有混血，難怪精力如此旺盛。他向來很高傲，不愛搭理人，甚至不愛和人說話。有什麼了不起，如今，幾十年風水輪流轉，他也會有今天。他是個硬骨頭，老是和時事過不去，遭了惡運。聽說，是吃了個啞巴吃黃連的苦頭。像我們這樣的人，想的就是太太平平過日子，什麼國家興亡，匹夫有責。我最看不得那些平日裏出頭露臉的人。瞧他那神情，我們這些人出不了頭，就是因為那些神氣活現的人擋著道壓著頂，現在，他挨了整，我好像無形中出了口氣。

他一邊嘀咕一邊走上前來，很熱情地握住歐陽的手，許久不放，寒暄著，像老朋友一樣。將問候體貼的話貼在歐陽的耳朵邊講。更讓我生氣和不安的是，歐陽好像全然沒有發現他的虛偽，還不住地和他點頭，將近來的生活中的趣事與他分享。一旁，那個長得像球一樣的矮個子又開腔了。他每一次都把歐陽捧得像天一樣高，場面上，都要和歐陽靠得最緊。他也知道，歐陽在很多時候就像一塊招牌，還是很管用的。然而，在他心裏，那種踩在雲端上的感覺常常冒上來，他特別想讓那種企羨的目光投向他。歐陽就像一道無形的屏風，擋著。他心裏不甘，又奈何不得。臉上的笑就如僵了的花。他心底裏常常是千轉百迴，表面上波瀾不驚罷了。這會兒，他的心思又活起來了：

這個歐陽已是遲暮夕陽了。他可能是有點老糊塗了。都一大把年紀了，還一天到晚過不了「明志」這一關。我們這些人當中，現在麼，要論名氣、地位，我無疑是蒸蒸日上。大有多年媳婦熬成婆的滋味，總算可以和歐陽較較勁了。歐陽麼，也就那麼回事。多少年來，他是在浪尖上顛著，都找不到方向了。這下，一下子跌得慘不忍睹，我早就說過，人不能得意忘形。人呢，活著，就要學得乖一些，先得為自己想想。我原先也挺佩服他，不過，我終究不太明白他怎麼會這樣糊塗？為了那麼點不著邊際的「理想」，聽說，現在他還愛著一個女人，一個讓他動情的女人，他失掉的東西太多了。人們都在說，歐陽翰是個情場高手，瞧他那個模樣是挺招女人愛的，又聽說他很痴心，為了一份感情糾纏了多年，最後，那個女人死了，歐陽像丟了魂。在我們這個圈子裏混，名和利都是得來不易的，誰也不願為了這些黏著香粉的事自毀前程，有什麼相好的人，都是私底下藏著，不能上檯面的。歐陽是出了名的痴情種，有人說他特別重情，才會鬧得滿城風雨。也有人說他生來好出風頭，至於緋聞，更是從來沒有斷過，惹出了事也是活該。我倒是有一次聽知道內情的朋友說，是有人想整他，好多年了，一直無從下手，結果找了這麼個理由，在這裏，這是傳得最快的流言，堆起來，可以把人頃刻間淹沒——

每次跟他去參加那些聚會，總是替他抱不平，也不知道歐陽是真傻還是根本就是糊塗了。他難道不明白那些人並不是和他心靈相惜的，他們實在是不可信任的。我本來以為傳說中人類的世界是善良理解的極地，我真的太失望了，尤其不能見到那種表面上阿諛奉承，背地裏卻冷嘲熱諷的人。我真希望有神靈附身，能學會說人話，我可以伏在歐陽耳邊說悄悄話，告訴他那些人在心裏編排他的話，讓他不要把心裏的話說給他們聽。

我感到越來越虛弱，原先在林子裏那種身手矯健的感覺好像再也沒有了。總是有一種往下墜的感覺。我開始對當初的選擇有些後悔，但每次看到歐陽翰充滿憂鬱的眼神，心裏又有些莫名的感動，自我來到他的身邊後，我成了他唯一每日的傾訴對象，他常常對我久長的沉默和傾心相訴，他以為我是個小松鼠，聽不懂人話，所以覺得我很安全，哪知我聽得明明白白，而且完全懂得他呢。

又是一個淒冷的夜。歐陽近來身體很不好，常常胸悶氣急，偶爾是低燒不退，高血壓和哮喘一直困擾著他。家裏常常像硝煙瀰漫的戰場。他常常失眠，整宿不能安睡。這會兒，他又把我擱到床邊，自己半仰在床上，喃喃自語：

我承認，我是背叛過我的婚姻，那個睡在隔壁房裏，天天和我吵架的女人是我的妻子。我是背叛過她，而且，已經很久我們就形同陌路了。我愛的是一個叫安琪的女人，她是我在這個世界上唯一知心的女人。我的妻子早就知道我們夫妻之間的愛已經死了，可是，她說就是死也不能讓我如願，她還威脅我，如果我一意孤行就和那些要「整」我的人一起置我於死地。我承認，一個人有忠於家庭的責任，那麼多年來，要不是為了兒子，為了這個家的門面，我寧可去死。我們的結合有很多的偶然因素，那時年少不更事，我想選擇這門婚姻可能是我一生中犯的最大的錯。其實，我的心裏對她也有很深的愧疚，她也很可憐，多年來，我們爭吵相互傷害，彼此都傷痕累累。我因為老與時事不能合拍，還常常背道而馳，所以這個家一直以來都是惡運不斷。她因為我，也受了很多罪，這也是我每一次想要和她決然時所猶豫和顧忌的，故而會一拖再拖，錯上加錯。然而，當我鼓足勇氣想分開時——因為我的忍受已經到了盡頭，我才發現成了一種奢望。她把多年來對我的失望變成了一種瘋狂的折磨，在這種折磨中兩人一起終老是她活著最後的願望。她給我套上枷鎖，如果我再有任何想決然離去的念頭，她要和我一起去死，用她的手親自做了斷。好幾次，我想的就是從自家的陽臺上跳下去，有幾次，甚至走到它旁邊，腦子裏都是紛亂的畫面，實際上是一片空白——

待我冷靜下來，我的心就像在利刃上磨。往事不堪回首。我是一個一輩子都仰仗情感支撐的人，然而，我也深知我的弱點，在情感上軟弱、多情、猶疑、太易衝動，有時是有些不可抑制的濫情。為此，我曾經傷害過我最不想傷害的人。我已經為了這一切付出了代價，失去了生活中的一切，連人活著最後一點的尊嚴都被重重地踩在腳下。還要我怎麼樣呢？

如果，這個世界上沒有安琪，如果沒有她，我想，我也可以找到一種解決的途徑——死，義無反顧地去死，也是一種解脫。死了，就不用再活在這個世上遭罪了。然而，我遇見了安琪，我這一生唯一不含任何邪念，真正從心底裏傾愛的女人。我幾乎沒有辦法用任何語言來表達我對她的感情。我只想說，是她讓我有勇氣在這地獄般的環境中，騰生出最後也是最驚人的力量來活下去，並且把我這一生最後的情感燃燒起來，我平生第一次感覺到純淨的愛是這樣甜蜜，我從來沒有這樣後悔過——為我曾經有過的荒唐和錯誤。在我認識安琪後，這種後悔像鑽在心裏的蟲子，時時咬著我的心。安琪總是用她的柔情和寬容安慰我，讓我相信往事已經過去了，不要再去想它。我多麼希望我能重又恢復年輕，往事的諸多錯誤可以當作從來也沒有過，為了安琪我可以重新活一遍。我一定會加倍地珍惜，不辜負她。其實，安琪越是不提以往的事，我越難過，她是那麼敏感，她心裏怎麼可能不為之傷心呢。安琪用了她所能用的一切愛和誠摯來對我，我們之間無話不談，理解溝通是在這個時候給了我最大的安慰。她對我說：請你活下去，一定要活下去——哪怕為了我，也請你一定要答應活下去。我不僅答應她要活下去，我還請求她給我機會讓她能夠接受我的感情，我想從那可怕的地獄裏逃出來，我什麼也不要，只想要自由。安琪說得對，就這樣死去，就等於是徹底放棄了生活，一個人，愛著也被愛著，是不可以輕言死的。我答應了，並許下重誓，永遠不會辜負她，永遠。

我沒有想到我的妻子會用這樣牢固的鐐銬鎖住我。安琪積鬱成疾患了重病，我卻不能去看她，我不想她惹上任何麻煩，如果隔壁那個人知道了一定會殺了安琪。我只能偷偷地給她打電話，還不能在家裏打。我的電話非同尋常——它是沒有任何隱私可言的。我知道很多年前我的所有的秘密就是通過它傳出去的。在這裏，我可以隨時出門，和自由的人看上去沒有什麼分別，然而，我的一切都在別人的監察之中。在家裏，是受妻子的監查，出了門，有人盯梢。我的電話被時刻監聽。事實上，我已經感到很累了，特別是認識安琪之後，我已經感到有限的生命變得更加有限了。那些居心叵測的人還以為我有無窮盡的力量，而我常常為了爬幾格樓梯而喘不過氣來。我想的就是能好好照顧安琪，能夠在她身邊，我也需要她的安慰和體貼，我平生第一次感到我離不開一個人，否則，心就空了。當我在家裏提出這個想法的時候，地震般的咆哮幾乎淹沒了這幢公寓，我的妻子寧可與我共赴黃泉也不願給我自由，她的理由是我已經和她過了大半輩子——她為此付出了青春。我知道在世人的眼裏，我是不被理解的，而且，很多的罪名都可以套在我的頭上。見異思遷、用情不專等等。關於她的種種讓人難以忍受之處我從來不對別人說，甚至對安琪也很少提及，已經到了連言說的興趣也蕩盡的地步了。又有誰知道我心裏的苦，當你跌進一個牢籠，又永遠不能擺脫，受著無期徒刑般的苦痛。我要為一個錯誤的選擇背負怎樣的懲罰才夠呢？我也明白我曾經很荒唐過，所有的人都將唾罵扔給我，倘若我可以選擇和自己心愛的人一起過，也許就不會讓我寧可過糟蹋自己、放縱自己的生活也不願回到那個家了。安琪曾說我實則很懦弱，天生有很猶疑的個性，凡事，沒有勇於果斷的勇氣。我想她是看透了真正的我的弱點。也正因為這樣的性格讓我吃足了苦頭。

我背棄了諾言，傷了安琪的心。我曾經許下重誓——永遠照顧她、陪伴她，決不辜負她。現在，這一切都被我親自撕碎了。雖然，我也為此努力過，然而，我還是不能原諒自己。安琪的病一天比一天重，鬱悶壓在她的心中，我痛苦地想和她一起去死。安琪留下一個囑託——也是唯一的囑咐。她要我活下去，活著，就還有希望，她說，如果現在就死了，就遂了很多人的心願，要堅強地活下去。有可能看到世界會變的。

我沒有辦法在安琪最需要我的時候陪在她身旁。她就這樣離開了這個世界，我覺得活著已經沒有什麼意義了。想死，安琪的囑咐又在耳旁響起，我甚至有些怨恨了，為什麼要我還活下去呢？讓我承受這樣的懲罰和災難。

我經常想念安琪活著的時候，我們共度的很有限的美好時光。現在，我每天帶著我心愛的寵物——米琪，黃昏時去散步的時候，就到安琪以前住過的房子去看看，不管颳風下雨都會去。我已經根本不會在乎周圍的人是怎麼看的了，想的就是按照安琪生前的願望活下去，看看這個世界究竟能變成什麼樣，可能是什麼也不會變，到那時，我可以向安琪交代了，到了另一個世界，我要和她一起生活，再也不分開了。

米琪——這個我從農貿市場買回來的小松鼠。知道我為什麼那麼疼愛牠嗎？牠時常用一種很溫情的眼神凝望著我，以前，只有安琪這樣看過我。我感到這個小松鼠好像特別通人性——最起碼，牠好像有點了解我的心，默默地陪在我身邊，讓我減少一些孤獨。

我的心裏像被什麼東西堵住了一樣。可憐又可愛的歐陽，你那麼重情誼，又那麼重視我。我想要的被理解、關愛、溝通的世界就是這樣的。而你，為什麼會想到死呢？想要去另一個世界尋找你渴望的有愛的世界呢？

我的身體越發孱弱，我開始意識到留在這個世上的時間真的不多了。除了陪伴歐陽翰，我覺得該在有限的時間裏出門去看看，去了解一下這個喧鬧擁擠的世界。去聽聽更多的人說出來和還沒有說出來的話，看看他們的生活。這原來是我「捨生」來到這裏的一個願望。雖然，我對已看到聽到的很失望，但好像還有丁點兒的一點願望在心裏飄著。

接下來的日子，我總是在歐陽午睡或是看書會朋友的時侯偷偷地溜出去，在大街小巷跳來跳去，有時就停在別人家的窗臺上。我還得特別小心，生怕被人抓住，逮回家去。我的靈敏性也越來越差了，有時會感到四肢不聽使喚。

有一個年輕漂亮的女子，常常在她丈夫不在的時候出門，她的丈夫好像很忙，經常不在家，而她，幾乎也不會空守在這間房子裏。她和情人幽會，穿吊帶低胸的半透明的內衣，說很撩人的情話，她對她的情人說，她不想離婚也不想放棄這種風情萬種的浪漫。等到她丈夫回來了，她就頃刻間變得像一個生澀的蘋果。含情脈脈地對他說，在這個世界上，她只愛他一個人，說話輕得像貓，他解一顆她的鈕扣，她的臉就漲得通紅，丈夫每一次親吻她就像扶著宋朝的汝瓷，他以為自己娶了個羞澀的新娘，不知他看到她那種放縱的樣子會怎麼想。

那個年輕的書生才分到這家大公司，他躊躇滿志，對沉積已久的種種不當的管理方法很有自己的看法。然而，他的言行無意間得罪了那些在公司工作了很多年的「老法師」，他們說他只是一個沒有經驗的毛頭小子，需要好好鍛煉，了解最基層的工作。於是大學畢業的他，被派到郊區的一家分廠，在那裏，他最起碼要待上兩年。有心善的長者對他說，這個社會就是這樣的，靠他這樣的幾個年輕人是不會改變的，識時務者為俊傑。年輕人滿腔憤慨，說，倘若所有的人都這樣，那麼社會就像生了蟲子的果子，很快會爛掉的。

不久，他就碰上麻煩了。可能要成為新娘的女友提出分手，因為對他的前途沒有信心。昔日的同窗已經升職，並在溜虛拍馬中獲得豐厚回報。他開始黯然神傷，激動的神情越來越少了。

有一位長者說，很快他就不會痛苦了，只要他做一個聰明人，憑他的智力絕對沒問題，等他做了聰明人，他的日子就好過了——

那個衣冠楚楚的公司總裁，還兼了某個大學的名譽教授。多年來，他利用職權收受賄賂，不僅欺上瞞下，而且還私設陷阱，讓那些想要揭穿他的人背上不白之冤。同時，他也向和他有著千絲萬縷關係的人大肆行賄，於是，關係變得十分撲朔迷離，就像一張經緯交錯的網，異常牢固。他每個月都要在這座全國聞名的高等學府裏上關於管理方法的課，間或談一些人生理想和未來發展計畫。底下坐著的學生對他充滿敬佩之情，有一些年輕的女生甚至有一些愛慕從純淨的心底滑過。他們還以得到他的簽名為樂，把他在課堂上講的話當作警句記在本子上。希望將來成為他那樣的人。

那個為生計苦苦奔忙的婦人，早出晚歸，面色枯黃。因為沒有一技之長，所在的工廠又即將倒閉，故而她每個月拿到的錢連自己都養不活。她有一個孩子，才念小學，丈夫不僅性情粗暴而且對她不忠。她為了孩子只能忍，常常在夜裏躲在被窩哭泣，有幾次竟然想到了死。看到年幼的孩子她只得打消這樣的念頭，失去丈夫她就為孩子的前途憂心忡忡。有幾次，丈夫把她打得遍體鱗傷，希望她無法忍受可以同意離婚，然而，她還是忍了。丈夫更加放肆，將一些不三不四的女人帶回來，當著她的面羞辱她。她已經沒有淚了。孩子一回家，她的臉上就擠出幾絲笑容，怕孩子看出她悲戚，為此擔憂。

那對晚上躺在一張床上的夫妻同床異夢，多年來如同手足的師兄弟為了一份出國進修的名額而同室操戈，人前人後的面具更換讓人觸目驚心，那麼多人都在夜裏哀嘆理解和善良的遙遠。我想起在北方，茂密蒼涼的森林裏的日子，雖然寂寞卻沒有那麼多的傾軋和虛偽，感到莫名的心酸和惆悵。

我來到這座城市已經有一年多了。這裏渾濁的空氣和嘈雜的環境已經讓我無法忍受，傳說中的咒語開始靈驗，我到了要為我的好奇心付出代價的時候。

歐陽的身體也越發孱弱，他好像除了堅持每天還去安琪以前住過的老房子跟前佇立一會兒之外，哪裏都不去了。常常是把我捧在手中，彼此安慰。他經常默念基督的箴言：要寬恕一切人，要寬恕無數次，因為根本就沒有一個人是自己沒有罪，因而可以懲罰或糾正別人的。

我們都在彼此安慰和一些絕望中度過很多個平淡的日子，而且也都明白這樣的日子不長了。我不僅虛弱而且視線開始模糊，經常是頭痛欲裂。有時候，我把毛絨絨的身子貼在歐陽嵌滿皺紋的臉上，才感到那裏經常是濕的，他混濁的淚水已經冰涼。好幾次，我是用尾巴上的毛為他擦乾眼淚的。

這條最後的路究竟要走多長，我也不知道。我真希望能比歐陽翰晚一些離開這個世界，否則，留下他一個人，他太孤單了。我們究竟還能相伴走多久？誰也說不準。生命與生命之間，就像星星那樣互相照耀、互相溫暖的時候才能得以延續。當然，在生命的過程中，生命之間也會有碰撞、疏忽、妒忌、怨恨和不如意。如果，世上沒有常演常新的悲喜劇，生命不是也就終止了麼？

折翼而飛

方令晚覺得從那一年那一個冬季的午後，她就像從一個巨大的軟殼中輕盈地蛻了出來，柔和而絕妙地與周圍的一切重新認識交往，至此的那個她彷彿不太像真的她了，最原本的她有一部分已經死去，而斷體之後衍生出來的她比起原先的自己更為完美。

那個殘冬的午後，太陽溫和嫵媚。

方令晚終於有了這樣一個念頭並且將把這個念頭付諸行動，要和夏行凱了斷那些絲絲縷縷的情感。

事實上，在這之前她已和他分手有一年了，在這一年中除了兩個電話之外他們甚至沒有見過一面，然而他們好像還未真正分開，總有一些異常飄渺的東西橫亙在他們之間，使得他們無法靠近又無法忘卻。痛苦便是這樣的一種東西，在若有若無之間讓人為它的無形而耗費掉激情和耐心，以至於令晚自己都驚訝，現在的她看著面前坐著的夏行凱是那麼的平靜，和她注視其他異性一樣沒有絲毫的不同，他也顯得那麼的普通。原本當初的愛戀中竟會有那麼多附加的美好從令晚的意念中轉移到面前這位男士的身上，讓她為之心碎的也只不過是一個現在普通而憔悴的臉。

夏行凱和她坐在一間寬敞的辦公室裏，這是他的辦公室，其實方令晚早已經恍惚，分手前的那個冬季的下午，也是那樣一間辦公室。他們分手以前的最後一次告別也是在一間陰冷的辦公室裏。那一年的那一天的那個下午，天氣極為寒冷，方令晚的心也被嚴嚴實實地鎖在了一片冰雪之中。那時的夏行凱在她看來是那麼的英俊，令晚從來不吝嗇去誇他，她說：

你是可以為自己的一切驕傲的。然後會用一種頗為得意的眼光去看他，他總是不語，用手挽住方令晚的長髮，他的下顎擱在令晚的頭上，有一種很溫柔的氣息彌散過來。那一次的告別其實是漫長的，大約有近兩個小時，令晚原先以為會有人哭，那自然是自己，行凱是不會哭的，她很少看到他落淚，當然更不能想像他會為她哭，可是方令晚沒有哭，甚至是沒有傷心的感覺，而是迷惘，徹底地墜入了一片汪洋大海，至於要去哪裏將會如何全然是沒有想過，方令晚知道自己要走了，要和行凱真的分開了。那間辦公室朝北，窗戶有一塊破了，屋子裏是一種陰寒，在兩個小時的時間裏他們總共說了不到十句話，都是些無關痛癢的話，他說了幾遍，妳要多注意身體，妳要專心學習。她沒有應答，於是就是沉默。那時候方令晚希望走近他或是他走近自己的願望是非常強烈的，甚至她想他會過來抱抱她就像他以前擁她入懷一樣，哪怕說幾句螢幕上的臺詞哄哄她也好，可是他沒有，一動不動地坐在那裏，她也顧不上去怨他，只是想能夠在最後的時間裏靠一靠他的肩，讓他知道自己還是念著他的，甚至想主動地走過去靠著他，坐在他的膝蓋上，就像前一年中他們的愛戀一樣——

他們的愛戀是從膝蓋開始的。

第一次行凱攜著她的手把她放在他的膝蓋上的情景依然清晰，令晚的手可以繞在他的脖子上，他們通常就是這樣度過半個上午的時光。

可是，最後一次原本都投入了彼此各種想像的離別卻是冷漠到了完全陌生的地步，只是在她起身告辭的那一瞬間，他送她到門口，順勢去撫一下她的長髮，令晚不可遏制地把頭側引向他的肩，腳停了下來，他看著令晚說，

這——這是在辦公室——

令晚整個人都涼了下來，像被釘在那裏一般，她看到他繞過自己開了門在走廊上看了一下，然後回來，她感覺到這一幢樓的沉寂和壓抑。

她說，今天是休息天。

他說，萬一——

然後他走過來俯下身小心翼翼地吻了方令晚，令晚的心底已徹底崩潰了，只是很輕聲地說了聲，

我走了——

愛戀的幻想在那個下午承受了傷害之後卻還沒有完全破碎，使得方令晚不得不相信愛的

韌性，愛的頑強。她總是想那份最初的情感一定是真純的，行凱一定為自己受了不少苦，她是可以原諒他的無奈卻是不能寬恕自己的侵略的，所以自己是沒有理由責怪他的，卻同樣是沒有理由請求他的原諒的。

她和行凱遇見的那一年是在夏末秋初，那時候她記得自己年輕得都顧不上去談青春。日子過得單純而驕傲。認識行凱之前她曾經遇到過不少的或酸或甜的情感波折，也有一些或長或短的交往，只是那不過都是人的一生中如殘柳敗絮的繽紛往事，況且她的心態總是有些與同齡人不能為伍的成分，對別人的依賴是那麼的強烈，希望被遷就被呵護的念頭也太過強了些，所以她的感情常常是不夠順利，在還沒有引發起她的強烈地好奇和投入時，對方往往需要付出極大的忍讓，然而實質上是一旦投入，自己的克制和容忍才是到了一種不可比擬的地步。

夏行凱在一家研究所工作，好處之一就是清閒，這幢頹唐卻不失些遲暮美人氣質的樓裏面的每一個房間都間或有一、二個讓學界為之敬仰的學人，他們通常都不坐班，一般是一週來一次，這份清閒卻異化為一種莫大的壓力和聒噪，表面上每個人都柔聲細語且不時會有智慧與幽默來作為生活絕佳的調味，其實每個人的心中都有著難以卸下的負荷，出名的慾望到了中年以後就變成了一種失了風度沒有分寸的焦灼，讓人一看就是一種急吼吼的樣子，急了半天也急不出什麼名堂來。所以這幢清閒安靜的大樓其實是最讓人不得閒更無法安靜的地方。夏行凱在這裏工作了近二十年，他看得清楚更覺得煎熬。在他這個年紀的確是有些尷尬的，比起那些鋒頭正健，名聲已超出學界本身又與他同齡且同學的人而言，他好像總是要受些委屈的，而比起那些年輕的後起之輩，望著他們後生可畏的勢頭讓他的耐心和沉靜不得不也如同烈日下的石蠟，有些融化又想竭力挽住一方凝重。他有些學術地位又有些不大不小的官銜卻又不夠受人重視的狀況讓他的臉色永遠是蒼白得沒有些許活力，在這幢樓裏他愈來愈感受到年輕時出人頭地的野心和那些只不過是一步之遙的名利就如隔著窗戶看夕陽下的餘暉——無可奈何地悲惘和絕望。所以當他認識了方令晚之後，他會說，妳就像一泓寧靜的湖水，讓人感到從心底的安寧和舒展。夏行凱覺得那幢樓的氛圍給了他太多的壓力而且他驚嘆於自己的承受力，居然承受了將近二十年。這一切在和方令晚之間是可以完全拋卻的，方令晚會無條件的崇拜他，更重要的是方令晚是一個讓很多人崇拜的女孩。

方令晚是屬於那種讓人會無端地生出些愛憐來的女孩子。清純雅致卻只是一種簡單的美，其實方令晚覺得自己不美，她時常對自己的好友何潔說，自己只是有些不同而已。這一「不同」在方令晚說來頗有些自我陶醉，她總覺得這大概就是所謂的「腹有詩書氣自華」吧。方令晚的骨子裏是寂寞的，父親和母親好像一直就是很糾纏，之所以用糾纏而不是用親密，是因為他們有時還會爭吵會賭氣，甚至會互相惡語傷人，當然也會如天下所有的恩愛夫妻一樣和睦、呵護、遷就、嬌寵。他們好像永遠有說不完的話，可以互相活在對方的世界裏，甚至骨髓裏。雖然父母對令晚的愛是到了無微不至的地步，可令晚總覺得如果父母親沒有孩子更合適，他們的愛將會更舒展更完美，令晚無可選擇地來到這個充滿溫馨的家，父母也把她當小公主一樣地寵著，所以令晚總讓人嘆謂有些弱不禁風，有些骨子裏的懶散。然而令晚那種寂寞感卻是冰凍三尺非一日之寒，她好像得從很小的時候起就已經體味到了那種後來從書上讀來的所謂的沉鬱。她經常是獨自對話，她的確是父母心中的至珍至愛，可方令晚覺得她只是父母心中的一件宋代的瓷器，十分珍貴卻是不能碰，更不得揉的。而她卻也只能抓住父母的一襲背影，真的人是永遠靠不近她的。後來等她長大了，她的女友們都在深情地呼喚「理解萬歲」，矯情似的宣揚著「與父母最好能做朋友」的時候，方令晚的心底的悲哀和欣悅同時從深藏在體內深處的不同的角落如煙霧一般彌散升騰開來。

她想，自己與父母已經做了二十多年的朋友了，想得久了，眼淚就會不自覺地滿盈起來，彷彿朝朝暮暮相隨的影子，美到極至，讓人忍不住想去靠近，可是無論如何辛苦的努力都將是白費，而這種枉然的努力和無法遏制的期冀竟然磨了二十多年，而且還沒有完，還有不知多久的枉然需要付出。

所以，方令晚對愛的期冀實則是有些迫不及待，也有些無可奈何的挑剔。迫不及待是因為別人眼中的方令晚總是被一大群人簇擁著，可令晚有一次對何潔說：實則我沒有感覺到被愛，真不知道那些人是不敢愛我還是先前是愛的，可覺得這份愛倘要發展下去，恐怕的確有些難度就無可奈何地放棄了。何潔說：我想他們是從心底喜歡妳，因為妳美麗，也出眾。喜歡可以到無以復加、登峰造極的地步，而愛妳是要受苦的，如今的男人都是要輕鬆的，很少有人知道是麻煩還甘願忍受的。愛妳怕不僅要受苦而且要受罪，妳是一個不僅麻煩別人而且麻煩自己的人。挑剔是因為方令晚顯然是早熟。她好像是躲在暗處看著周圍的人紛紛上演或悲或喜的故事。顯然自己的故事還未開演，可是開頭、發展甚至結尾都已被假想，被琢磨了很久了。那些稚氣青澀的東西就在思量中被磨掉了。所以她會覺得同齡的人總有些讓她不以為然。

方令晚在別人都已經演繹起早戀故事的時候仍然是麻木的。有限的幾個朋友除了何潔是稍長一歲外都是大大長於自己的，她總覺得自己的心早已飛出了自己生活的那個年代，那個正合適她年輕的歲月只是一片凋落，而她的花是開在離自己很遙遠的年代，她很稚嫩又好像已經很成熟了。方令晚的那些大朋友倒是並沒有完全把她當孩子看，只是覺得她顯然是要比同齡人出眾，便格外地珍惜她，器重她，然而終究是不把她畫入自己生活的界限。畢竟她是年輕人，而他們覺得自己至少已不年輕了。令晚就在年輕人和中年人的圈子的界線之間遊刃，每一方都愛她卻無法接受她，這令她再一次深感到這就像她與父母的關係。方令晚的寂寞就這樣成了定局。她的寂寞使她一直痛，痛得無言卻又久揮不去，漸漸成了一種病，纏得她連體質都虛弱起來了。

直到那一年她和夏行凱認識，一個不僅能夠愛她且又能真正接受她，也被她熱情地愛著，沒有年輕人的單薄卻不失中年人的醇厚情意和穩重外還有朝氣的男人。方令晚一開始就隱隱認識到這將會是一場無言的結局，儘管她從未戀愛過，可她在無數次的閱讀中以及後天的熏陶使得她在假想的愛情中已經和一個情場老手比較而言也毫不遜色了。她開始將自己迫不及待的假想愛情投注到這場情感之中。

於是一個附加了無數美麗的幻想和蘊積了多年熱望、企盼以及二十年的情感醞釀，在夏行凱那同樣是無法自制的愛慕之下演繹了一場生動卻絕對傷痕累累的愛情故事。其實夏行凱起初並非是愛上了方令晚，他只是覺得那種愛憐、呵護、欣羨不由地在方令晚的柔美和優秀面前滋長出來，甚至這份感情裏面還帶著些父愛般的憐恤之情，畢竟自己是中年人且有家室，那種念頭一閃而過，經過理智的過濾網時終究還是知道是不允許過多停留的。要命的是，方令晚不同於其他女孩的一個特殊之處就在於敏感，那是深入骨髓的敏感，可以微弱逼真到一根頭髮絲甚至一襲清風，她就在夏行凱有了這個念頭還未來得及將它扼殺掉的時候，將她的敏感宛如橫空出世一般堵了夏行凱回心轉意的路。在夏行凱忙著收拾自己的狼狽不堪和驚嘆方令晚的機靈的時候，她已經在籌措著自己久已夢寐的愛情序幕的開始了，夏行凱是無可遏制地跌進了方令晚的這個巨大的愛情漩渦，然而方令晚想從這個漩渦中逃出來的時候，夏行凱卻用他愛的力量大大加速了它的旋轉速度，畢竟一個中年男子，生活在一個平淡得不能再平淡的家庭裏，有這樣一次經歷總是很難捨卻的，況且面對的又是一個年輕可愛的女子，愛的同時又遭受著一種命運的懲罰，雖然這懲罰帶有些桃花的燦爛甚至玫瑰的嬌媚，然而那種在猶豫中倍受的煎熬和艱難也可以等價交換了。更何況夏行凱對方令晚總有些一見傾心的味道，當這種一見傾心非但被應允而且被得以瞬即的回報的時候，他是無可抗拒地陷了下去，更重要的是：立即從被動而變成了絕對的主動。

方令晚的大部分時間都在學校裏過，有時候週末在圖書館看書看得累了就打電話回家向父母說一聲，便留在學校裏看看小說或是隨便散散步，一、二天的時間也就很快溜走了。那時候有個念管理專業的男生叫張磊，是方令晚還處得不錯的一位異性朋友，張磊的個性極為開朗，經常是方令晚不回家他也陪著不回家，抱著吉他端著飲料，把令晚請到草坪上，唱呀唱的，方令晚覺得他有別於其他男生，更有別於自己的一個特點就是：這個人好像永遠不知憂愁和孤單，任何情況下都這麼快樂。方令晚覺得自己好幾次有衝動想去問他：人怎麼可以不寂寞，怎麼可能？可每一次話到嘴邊又被嚇了回去，方令晚覺得自己好像有點莫名其妙。張磊是不會管方令晚心裏到底想什麼的，他只是覺得和方令晚一起坐坐就很開心。方令晚也願意任著張磊給她一種聊天時候的自由，任她的心思早已飛出了十萬八千里遠，張磊依然是滔滔不絕，不像別人那樣，只要令晚稍一走神，對方就會覺察既而小心翼翼地補上一句：「妳在想什麼？」令晚就得迫不得已地將自己拉回來，還得補上一句：「哦！沒想什麼。」張磊或是故意或是天生的粗心和隨意給了令晚極大的寬慰和自由。這就是方令晚和張磊願意繼續交往下去的一個重要原因，張磊給的空間比較大，令晚覺得和他在一起比較輕鬆。

方令晚今天是精心地打扮了一下，清新脫俗不留痕跡，藍白底碎花的長裙，素色的上衣，上了點妝卻是淡到了極點的，頭髮柔順過肩地披著，夏行凱比約定的時間晚了十分鐘，忙著打招呼也忙著打量方令晚。夏行凱挺拔穩重，年輕的時候一定也不失幾分帥氣，可到了這個年紀平添了些穩重儒雅又有些不由自主地衰老。那種衰老除了幾道或深或淺的皺紋，更是一種神情，那種看人的眼神是有一種如蒙細紗的感覺，眼神不再明澈，不再鬥志昂揚，卻是銳利的、親善的、柔和的。夏行凱穿了件煙灰色的襯衣，平整如新，沒有任何的多餘，連領帶這一男人必備的東西，在令晚和他戀愛的一年多裏也從未見過。他愛乾淨，人又長得高而挺拔，樸素卻讓人舒服。

方令晚和夏行凱在西區的一座僻靜拐角的酒吧裏就座。他們好像很難一起出來，方才在車上兩個人雖然是一直在說話，可是卻站得筆直。旁邊有一對年齡與方令晚相仿的年輕人，相互依偎在一起，那種耳語幾乎就像一種廝磨，女孩不時地笑，花枝亂顫的那一種，車廂裏擠滿了人，要想躲避這一份親熱又是無處可動了。方令晚本能地抬了抬手，小指輕輕地觸到夏行凱的手掌上，夏行凱猶豫了一下，然後小心地握住，方令晚感到了一絲安慰，是自己將手從行凱的掌裏抽了回來，她知道夏行凱不僅想握她的手，而且想將她整個人都擁在懷裏的，頓覺剛才從心頭滑過的一絲委屈換成了滿盈盈的幸福感。

這座小酒吧是令晚喜歡的，隔著窗看外面是難得的靜謐和諧。酒吧很小卻是在精緻到了雕琢的地步的同時不失一些大氣，有一面牆上掛了大大小小的鏡框，原木的那一種，嵌的都是黑白照。還有一些名片和隨意的簽名。光是柔和的褐黃，讓人在這裏有一種白天和黑夜難以辨清的感覺，老闆喜歡爵士樂和鋼琴小品，這些對於來襯托一個約會而言是足夠了。在令晚的心底至少是有些安慰了，她只是想和夏行凱一起出來坐坐，說不說話，說些什麼都不重要的，她只想這樣和他面對面坐著，不用抬頭就可以感覺到他在仔細地看自己——這足夠了。

妳這兩天在忙些什麼？夏行凱覺得這樣長久的沉默是有些尷尬的。

還是和以前一樣。

我心裏很亂——四十多歲的人了，好像又回到二十幾歲的樣子，心思不定，毛裏毛躁的。

你有沒有想我——

唉——

夏行凱笑了一下，極淺的那種，臉上有些尷尬，方令晚知道他心裏一定想的，但是她一定要他親口說，她非但沒有覺得自己的唐突，反而覺得有一種輕微的報復感，她那種委屈感又從心裏瀰漫了開來。事實上方令晚後來覺得自己屬於又傻又痴的一類，在背地裏、在事實上，她是為他承受了很多委屈，可一旦碰面她總是讓夏行凱下不來臺，將鬱積的怨氣堆在他的面前，於是那種好不容易安排得到的約會在忙著彼此面對一個無法有答案的難題前，耗盡了一段日子蘊聚的思念和本來可以產生的溫情綿綿。約會的時間是有限的，每次總是到了末了，方令晚就會有些許悔意，何必呢？這本來想求的浪漫溫情被自己的任性搞得一蹋糊塗，令晚也沒覺得自己錯，追根溯源的錯究竟在哪裏，自己是不曉得的。

夏行凱沉默了一下，伸手去調杯中的咖啡。

想，還是不想——方令晚覺得自己已經有些死皮賴臉了。

這還用問麼——

方令晚想放棄了，他終究是不肯說出那一個字。

又不高興了——妳還是孩子氣——當然是想的。

方令晚舒了一口氣，這好不容易討來的一個字也令她高興。她覺得這樣的懲罰和自己受的委屈可以互相扯平了。

真的開始說話，才又覺得不知說什麼好，其實要說的東西很多，可放在這樣一個環境裏討論對方或自己的專業總有些不合時宜的。這樣的環境是屬於甜蜜的，而這樣的咖啡廳也將是適當地控制甜蜜濃度的地方，讓人發乎情止乎禮儀，精心策劃和耐心等待的那一場約會總不能在彼此的「盈盈一水間，默默不得語」之間度過吧。可是令晚真的不知如何說才好。

談了些他近來的工作也談了些自己近來看的書。時間就這樣逃也似的滑過了，其實也只有下午三點左右的樣子。夏行凱伸出手來將令晚軟而小的手握住，指間輕輕摸著令晚的掌心。

我們該回去了——

還早，可不可以再坐一會兒——

回去晚了不好說——

令晚的心被重重地擊了一下。夏行凱的手握得更緊了，直愣愣地盯著令晚，臉上有一種心碎的感覺，他不自覺地握，令晚覺得疼了，心裏也開始微痛，兩種痛揉在一起讓她欲哭無淚。

令晚，原諒我——

不——方令晚制止了他，她最怕聽到這一聲「原諒我」，讓人整個兒被拋進一種自責加自怨的漩渦裏。她開始理包順勢掏了張餐巾紙擦了一下額角和臉。幾乎每一次都是夏行凱付帳，有幾次令晚付了，他便覺得不太自在。他總覺得在一個男人可以給女人的範圍內，他實在給的太少，這個太少一則是不能做到，再則是無法做到，所以當這僅剩的一些努力被令晚搶了去之後，他便覺得自責、愧疚，也多少有點埋怨令晚的意思。而令晚總覺得他那寬而瘦的肩膀上壓的重擔太多，事業的、感情的，當然也包括經濟的。令晚沒有什麼負擔，她不奢侈甚至也不浪費，沒有太瘋狂的購物慾，有限的錢逛逛書店買些CD和好書，難得淘幾件心愛之物，偶爾也去買衣服，不很貴的那一種，但質地一定要好。最頻繁的消費就是一個人跑到這種安靜的酒吧或咖啡廳，挑一個臨窗的位子坐下來看書，一坐就是一下午有時甚至連晚上，然後一個人帶著滿足的心回家。令晚的錢雖不太多但夠花還有餘，她不想讓夏行凱為了應付約會的錢而從別處省下來。後來她發現這一本來善意的想法到了夏行凱那邊就成了一種莫名的傷害，於是只能收起來，男人骨子的那種不堪一擊的東西原來不過是一點點帶上面具的自尊，其實又算得了什麼呢？她開始生出點愛憐來，為了夏行凱也為了自己。

這以後，夏行凱和方令晚約好每週見一次面，是上午，他一個人在家。一個男人和一個年輕的女人在一間小屋裏，況且這是兩個戀得純真的男人和女人，然而就在那將近半年的每週如期而至的約會中卻沒有作出任何超越常理的事，甚至常常只是彼此對坐著，輕輕地說著話，大家沉默的時候都看看那從窗戶外隱隱灑進的細碎的陽光，這不是夠浪漫而是殘忍的折磨。這多少有些怪異，方令晚沒有深愛過，所以這一次愛的投入愛得小說化。只一個擁抱一個輕吻便足以讓她陶醉和知足，她覺得這樣剛剛好。夏行凱的克制和堅忍是他付出的真愛，多年以後方令晚回想起來才明白夏行凱的用心良苦，他是想要切膚的愛，最好是將令晚揉到骨子裏去，可是他不可以，方令晚似乎也沒有給他這個機會，於是那種上午的沉默和低語是蘊含了太多太多，實在是豐富得太可以了。方令晚就乖乖地坐在夏的膝蓋上，雙手摟著他的脖子，彼此不語，也沒有過多的親熱，夏行凱小心的親吻像是對一件古玩。方令晚感覺他的氣息由細變粗，有些不能自持，便也小心地回吻他，行凱將她摟住，用力量將她的感情和自己的熱望控制住。纏綿只在開始便已結束。大家都覺得不知如何應付，於是又回到了彼此面對面的坐著的樣子。令晚喜歡那種屬於清晨的安寧，讓她整個身心都處於一種舒展的狀態。只是每次令晚起身告辭的時候，行凱會將她摟在懷裏，緊緊地抱著，吻她臉上的每一個輪廓，好幾次都引起了令晚的傷心，他也不勸，小心地吻乾眼淚，然後說：

妳不要這樣子，我更傷心，只是不知怎麼辦才好！

你根本不需要怎麼辦的，不要胡思亂想——令晚幽幽地答。

方令晚最不願意看到他有那種抱歉的眼神，她覺得自己才是需要抱歉的，倒不是後悔，愛了就愛了是沒有什麼好後悔的，只是難過。平時只是將這種思戀壓在心底，久了便愈覺沉重，至於將來，方令晚是不敢也不去想的，夏行凱每一次都在說：令晚，我在想將來怎麼辦。將來是一個絕對遙遠的詞，對於方令晚和夏行凱而言更是隔著千重山萬重水，遙不可及和迷迷濛濛，而那一個「想」字卻是可以掏空人的，掏空了人的一切卻絲毫還不留痕跡。令晚也是想的，想的心煩也想的心疼心碎，想累了也就不想了。起初她是問過夏行凱，

夏行凱說，離婚總得有個理由吧，我怎麼開口呢！

不愛算是一種理由嗎？

除了愛還有責任，我已經不是年輕人了，夏行凱的臉上滿是牽強的表情。於是大家又開始沉默。

你想過離婚嗎？我從沒有想過你離婚，你離婚是不是為了再結婚，你怎麼曉得我就願意嫁給你。

方令晚顯然是讓他下不了臺，她看到他的臉色很尷尬，有點得逞的快意但馬上就心疼了。於是不等夏行凱來寬慰自己就說可不可以不談這些了，沒有必要讓大家心煩。

當這個問題被懸擱起來，不管是故意的躲避還是臨時的健忘，剩下的倒真的只是甜蜜了，每週一次的約會融匯了積澱的思念和虛幻的想像，那種沉靜的冰層下翻天覆地的情誼改變了彼此的生活。當愛到可以離開對方的一切客觀存在而假乎想像依然能獲得幸福的滿足，那一定是不打折扣的感情了。

方令晚和夏行凱約好了每週一次的見面，其實只不過是一個多小時的一次互相關注。他們必須躲在一個只有他們倆的地方，夏行凱的家中，每週的這一個小時是沒有人的。有的時候方令晚總覺得好像不是去赴一個戀人的約會，而是去聽一堂課，這堂課上她是唯一的學生。

她是喜歡被夏行凱抱著的，安靜地抱著，那一刻她可以不去想很多揪心的煩事，夏行凱在那一瞬刻是屬於她的世界的。

張磊打電話給方令晚，說好久沒有見她了，是不是太忙，有沒有時間。

令晚，可不可以出來走走？

我這兩天身體不太舒服。

令晚，上星期天，我看到一個中年男人和妳在街上。

什麼！方令晚整個人從沙發上彈了起來。

我本想叫妳，可我在車上，只能看著你們的背影走遠。

方令晚的委屈感又瀰漫上來，她想到別人可以在街上手挽著手，肩靠著肩地走，而自己和一個相愛的人只不過是當中像隔著個人般地走了一段路，心中就惶惑就不安，頓時心底裏泛起一陣波浪。

令晚，妳說話呀！電話線那頭的張磊一點兒都沒有覺察出來。

張磊，明天你陪我在校園裏散步，下午四點校園門口見。

令晚收了線，眼淚就像斷了線的珠子，想停住也不行。

張磊早到了一會兒，挺拔高大的身影處處顯示了朝氣，方令晚隨意地著一身深藍色的衣裙，令晚覺得今天的心情好多了，昨天為了發洩鬱悶而安排的約會倒令她高興起來。

好久沒有聽到你唱歌了，方令晚不經意地說。

妳昨天怎麼不說，要不我就把吉他帶上，妳要聽幾首，我給妳唱幾首。張磊有些著急了。

算了，下次再聽吧！

妳近來好像心事重重的，有什麼事需要我幫忙的？

你幫不上的。方令晚像是對自己說。

兩個人就這樣隨意地繞著草坪走著，走了沒多久，方令晚注意到前面不遠處有個人在盯著自己看，這全然是一種第六感覺，那個身影大約離自己有五十米遠，方令晚想像他是夏行凱，迅捷地去拉張磊的手，張磊倒是吃了一驚，這或許是他想了很久也醞釀了很久如何開始的一個細節，然而他沒有想到的是他一向不敢碰的方令晚居然會先去拉他的手。方令晚是異常的冷靜，挽著張磊的驚惶失措向一個她愛的男人走去，漸漸地方令晚看清了那個人，也證實了自己的判斷沒有錯。夏行凱繞著旁的路走了，手上提了一個塑料袋，透過塑料袋方令晚看清那是一些零食，方令晚的心緊緊地抽了一下，「他居然會不怕人看見就為了送些零食來給我，而我卻怎麼會這樣做！」

接下來的事就一直耽擱著，方令晚是向來不給夏行凱打電話的，因為那一頭根本不知道會是誰接。夏行凱也沒有打電話來，更沒有來找她，顯然是生氣了，連著三天，方令晚開始後悔了。

她首先找到的是何潔，何潔使勁地拽著方令晚：

妳有病呀！他每天和自己的女人睡在一張床上，同床異夢也好，感情冷漠也好，事實就是這樣的，憑什麼他跟妳生氣，不要說妳跟他賭氣，就是真的和別人戀愛，然後分一小匙感情給他也是他的福氣了。

我是不是有點莫名其妙了，他也沒惹我，我也不知怎麼就生起這樣的閒氣了，他一定傷心了。

妳真是天下頭號傻瓜，要錯也是他錯，他讓妳委屈，讓妳傷心，他怎麼還跟妳嘔氣。

方令晚一語不發，心中的幽怨、煩惱、懊悔、失措纏在一塊兒，連傷心也被擠掉了，剩下的也只是和夏行凱見一面的焦灼。

令晚，妳聽我的話，和他斷吧，這樣下去是不會有結果，要麼妳讓他離婚。

離婚，我可沒想過，他離婚他家裏怎麼辦？我可沒要他離婚。

那妳怎麼辦？即便他離婚了以後，妳家裏怎麼可能同意妳跟他在一起，妳有沒有想過……

提到「家裏怎麼會同意」，方令晚的眼淚就掛下來，她彷彿看到了一向對自己期冀甚高的父母親的絕望和傷心，覺得自己簡直是做了一件大逆不道的事。何潔看到方令晚哭了，也有些不措，便過來摟住她，方令晚伏在何潔的肩上越想越傷心，「我們不想這些問題了，好不好，我只是想愛他……」

這一次和解最後是方令晚起的頭，她也顧不上何潔的警告：男人的骨子裏是有些賤的，妳對他愈好他愈不識妳的體貼和細心。她猶豫了很久也擔心了很久才給夏行凱打了電話，聽到那一頭正好是夏行凱的聲音，方令晚懸了很久的一顆心放了下來，

行凱，是我……

哦，妳好嗎？

我還好，只是……方令晚說不出話。

令晚，妳怎麼了？

他們再見面的時候，方令晚原以為夏行凱一定會問一下自己上次到底是怎麼回事，她也在等他問，可是他一直沒有問，好像這幾天毫無音訊和那個男孩對他都不起作用一般，直到方令晚失了耐心，問道，你怎麼不問問我，上次那個男孩到底是誰。

夏行凱冷冷地說，妳喜歡他，他好像也很適合妳的。

你這是什麼意思，我喜歡他？他適合我？對！不錯，我就是喜歡他，他對我也很好！

夏行凱慢慢地說，那我並沒有說錯什麼！

方令晚注視著夏行凱，那種從內心深處騰起的一種怨氣反而讓她變得異乎尋常的平靜，她覺得這些時候自己真有些悲哀，所有的以為戀愛中的人會妒嫉、會生氣、會糾纏，到了自己和夏行凱這兒就成了虛無，想起波瀾也是一片枉然，自己投入了很多力量，然而對方好像是游離的人一般，輕若鴻毛，方令晚意識到自己好像在和一個影子打架，重重的一掌擊過去，對方只是一閃，並沒有傷到什麼，自己也好像沒有傷到什麼，倒只是全身的力氣都被抽空了。她心底還有一絲堅忍，相信他的心底是有些不悅的，只是故意這麼說，可是夏行凱面上的不露聲色真的到了毫無破綻的地步，那種輕描淡寫，那種輕鬆自如不是讓令晚生氣而是讓令晚失望，為自己的用心良苦和一廂情願而失望。

方令晚開始覺得何潔的有些話還是很有道理的，可是愛就像是決堤的江河，勢不可擋地將自己攪得失了方向和分寸，愛得那麼的強烈，端在手裏、捧在心頭卻是不知道如何去愛才好，何潔說方令晚真是聰明一世，糊塗一時。而這糊塗恐怕是需要很長的時間來癒合的一個傷口。方令晚想的不是停止愛，而是反覆地反省自己如何將這愛之舵調整好方向，能夠和夏行凱對愛的理解和軌道一致，想的是檢討自己的任性和不是，想讓自己擺脫那種為一些無法解決的死結而苦苦糾纏彼此的想法，想的是那些明媚的清晨，她被夏行凱像一件古玩一樣小心翼翼地捧在膝上的感覺；想的是夏行凱說的那一個「愛」字。

冷不防地一聲，行凱，原諒我，好不好——

夏行凱在短短的幾分鐘裏是無法體會到方令晚已經是在心頭走過千山萬水了，他只是覺得這個女孩的疲憊亦讓他憐愛，而心中對她有的那一絲埋怨卻是暫時不會消止的，他覺得自己也是受了點傷，儘管他知道方令晚是故意在氣他，但他就是不鬆口，等著方令晚來認錯，倒也不是追究她，只是放不下架子。等他的那點自尊得以滿足了，那份愛憐之心又湧了上來。他把她擁過來，抱著她，像哄小孩一般哄她。

一場糾纏就在這一個擁抱中收了尾。當方令晚倚在夏行凱的胸前時，煩惱是可以暫時忘卻的。

日子過得極簡單卻不平靜。夏行凱感覺到了一種欲罷不能的陷入，他意識到這個年輕的女孩子對自己而言有可能是生命中最純美也是最後的一個誘惑了。到了他這個年紀，對異性、婚姻、愛戀、家庭都已是沒有了生命激情，倘若要找一個情人也是容易的，妻子雖是平淡也構成了生活中不可或缺的一部分，然而要再遇到一個像方令晚這樣年輕美麗，況且又是那麼談得投機，而且對自己一往情深的純情少女而言，好像這只是人生最後的所賜了。他只是愛中有怕。愛是真的，明知那是一個巨大的陷阱，可還是忍不住地往前走，儘管每走一步都要埋怨自己，可依然是在挪，挪得很小很克制很艱難，然而還是在向目標靠近。他的心底是矛盾的，所以當方令晚耍起性子來時他的矛盾和煩惱交織在一起就構成了一種不冷不熱，而這不冷不熱又恰恰傷了方令晚的心，使得她愈覺委屈。這樣的一來一回彼此就陷入了一種混戰，到後來兩敗俱傷，卻也不知究竟是誰挑起的。無論如何，有一點終是可以肯定的，這種磨折使得大家都疲憊起來，原本最初無憂的甜蜜已經成為一種苦中帶樂，相思是苦，想合想分更是苦，而這一個「苦」字更是無法言說，彼此的心中都帶著愧疚和難言的痛的。

對於愛戀的人而言，這些磨難只是讓愛的步伐打了個迂迴，那種想要勇往直前的勢頭是擋不住的。相反的，在稍稍猶豫徘徊了之後的步子總是邁得更快，彷彿要去追回些什麼，彼此的情誼和熱望也總是在被壓制了之後又重新生了出來。相反，彼此更是小心翼翼，生怕一不小心就把這重新燃起的火苗給撲滅了。

每週一次的約會依舊是照常的，夏行凱近日的心情很好，他看著方令晚的神情一天天好起來，心中更是喜悅和安慰。方令晚那些頹唐的神情和蒼白的面色一旦掃去，更是顯露出青春的姣美和天然去雕琢的純淨。而那種本性中的率真和可愛也全都散發出來了，讓夏行凱覺得她實在是個讓人心疼的寶貝。依舊是一起聊天，一起互相借書看又逮著機會去看電影和話劇，夏行凱依舊是把方令晚當作一件寶貝一樣的捧在膝上，小心地親吻她，而那種熱望似乎愈來愈難克制，這種稍微的心痛也灼得夏行凱手足無措，卻更是不捨放棄了。

夏行凱好幾次都問方令晚，

妳為什麼會愛我？

不知道，恐怕是緣分或是一見鍾情。

妳應該有很多人追妳的。

是嗎？我不知道，好像很少，也從來沒有人向我表白過，倒是我身邊的女友經常能碰到很多人在她們面前信誓旦旦，我從來沒有碰到過，倘若別人是暗戀，我又怎麼曉得，總不見得別人跟我多打了些電話，或是約著吃飯喝茶，我就以為別人是愛上我了，那就成花痴了。

更何況，我現在明白了，別人愛我多少倒不是最重要的，重要的是我是不是愛別人，我感到心好像老了，一個心老了的人愛上的男人多半都已成了別人的丈夫，不能搶又不能不愛，到頭來是徹徹底底地失愛，是最最少愛的人了。

夏行凱有點後悔，本來的一句戲言倒是勾起了方令晚的心事。他忙著找安慰的話，方令晚倒是也不覺得什麼，幽幽地問了一聲，那你呢？你愛我什麼？

夏行凱也一時答不上來，不知道，愛——

他說了更覺得後悔，怕又惹了她的不快。

方令晚倒是沒有，愛就是說不清道不明的，她說。

何潔找到方令晚，說遇到了個男人，有一種想要嫁給他的衝動。這下可是把方令晚給驚了一下，一向最好的閨中密友，上兩個月還是一身來去無牽掛，現在突然說要想嫁人了。何潔顯然是認真的，倒不是那種陷入情網越陷越深痴迷不已的惶惶然，而是絕對冷靜清醒還有抑制不住的幸福感。一個境外人士作為駐滬公司的代表與何潔在兩個月前的招商會上碰見，他為何潔的才幹、機敏和美麗而動心遂大獻殷勤，衣飾、禮物發展到珠寶，且想帶她遠走高飛。他已離婚，有一個小女孩歸母親養。何潔不是那種想做籠中鳥的人，倘若要做根本是用不著等到現在。何潔說他耐心細緻，有風度，有氣質，那是一種優越的人文環境和物質環境下長久熏出來的，是她在這裏所見的男人中從沒有過的。何潔失戀過一次，那是在大學裏，愛得死去活來結果也是一片空白，考慮婚姻是她目前最重要的事，而眼前這位男士比較符合她對婚姻的想像，作為一向比較唯美的她而言，唯有他的形象不是太好，不過這已不重要了。

方令晚感到實在是突然，她也沒有覺察到何潔是受了刺激後的隨便選擇，覺得她很清醒很正常。兩個人約了到這個常來的「綠人島」酒吧。人很少，廳裏繞著Enya天籟般的聲音，令晚還是要了杯托尼克水，何潔要的是墨西哥咖啡。

令晚，妳不要以為我出了什麼問題，我仔細想過了，雖然現在我跟著他暫時還不會有很深的感情，但感情是可以培養的，我們有充裕的時間，豐厚的物質生活，我們不用擔心別的什麼，我們會有足夠的時間和耐心、精力去培養感情，即便是培養不出深的感情，我們還會活得挺好的，依舊是好的生活，有條件製造一些浪漫之情。再說，誰說一定不能培養出深的感情呢？愛情只是一種錦上添花的東西，它脆弱得很，只有在一切條件都允許的時候它才會持久嬌豔，傻瓜才會相信它是牢不可破的呢！苦難對於愛而言是最大的折磨，而對女人則是摧殘，到時，不僅是愛沒有了，一切都會變得毫無意義了。

方令晚一字一句地在嚼著何潔的話，她想著那一句「愛情只不過是一種錦上添花的東西」。

小潔，真的祝福妳得到妳想得到的，只要妳開心，我就高興。令晚舉起杯子，在何潔的面前示意了一下，喝了一大口。

令晚，妳聽我的，離開那個夏行凱，與其到最後兩敗俱傷還不如現在分手，在大家還沒有精疲力竭，甚至互相生出怨恨的時候就分手，將來還能留些美好的回憶，這樣下去一樣是悲劇，到頭來卻是將美的東西打碎，碎得一片完整的都沒有，妳又何苦？

小潔，我也是想了很多遍，我也曾這樣想過的，然而終究是做不到，倘若是說想斷就斷、說想續就續，那怎麼還是感情呢？

倘若他真愛妳，那麼他何不去離婚，就是將來不和妳在一起，他若是個率真的人也應該和死亡愛情的婚姻分別。

方令晚停下手中的杯子，眼裏是一片空茫，望著何潔為自己生怨氣心中倒是感激，輕聲地說，我想他也不是不愛他的妻子，愛還是愛的，只是淡了許多，可二十幾年的朝夕相處又怎是一個「愛」字了得，它已經生為一塊骨血，深植心窩。他對我的這種熱情比起那份淡了的愛是要濃烈得多,可和這塊骨肉之血又怎麼能比呢?戀情也許就像妳說的是一種錦上添花,可戀情對於一個已經結了婚，並且有安穩的事業、家庭的男人倒更像是散步，他在一個悶屋子裏待久了自然是渴望外面的新鮮空氣，他希望這個散步愈久愈好，然而散步終究是散步，他總有一天要回家的，而我只不過是陪他一同散步的那個人，我又怎能讓他無家可歸呢？到時倘若我也不能給他一個歸港，那麼兩個人倒成了孤魂野鬼了，那才是真正的苦痛呢！

何潔伸過手來握著方令晚，令晚的手是冰涼的，眼裏亦是一片霧氣。兩個人坐到外面已經是暮色沉重，方才離去，彼此都在想著對方將來的生活和自己的心事，何潔和方令晚分別的時候說：

我慶幸自己不像妳那樣痴心，痴心未必是好的，對男人而言是負擔，對女人而言是折磨。

方令晚從和何潔那天小聚了一次之後就感冒了，而且發展得愈來愈嚴重了。發了燒到醫院去打了吊針才好不容易降下來，人是被折騰得一點兒氣力也沒有了。何潔和那位準丈夫去南方旅遊了，準備回來後就結婚。令晚躺在床上心底感到空落落的。父母忙著照顧她卻是無法體味到她心中的哀傷。倒是張磊，經常打電話來，要不是因為方令晚的爸爸媽媽，他早就親自到家裏來了，張磊把電話機擱在一旁，彈吉他唱歌，方令晚覺得隔著電話機聽他唱歌尤為好聽，每天兩次是不誤的，連父母都好奇起來，方令晚只是說了一句：你們不要亂想，我們只是朋友，沒有什麼的！

方令晚此刻特別想見夏行凱，她想聽聽夏行凱的聲音。父親說，昨天下午有個男的打電話來，正巧那時令晚剛剛入睡，父親怕吵醒她，就把那個電話給打發了，方令晚揣摸著那個人有可能是夏行凱。而他肯定不會再打電話來了，他一定在擔心萬一電話又落到父母手上，讓父母聽出是同一聲音也許會追問的。其實方令晚知道自己的父母很開明，是絕對不會因為有男的打電話來而生出異議，但她想，夏行凱一定是會猶豫的。然而自己又不敢打電話去，想了很久，又想難道沒有女的因為有公事去找他，他妻子也不至於會過敏到這樣的地步吧，更何況若是他本人接的呢？

方令晚估算了一個大概只有夏行凱在家的時間，接電話的卻是個女聲，方令晚遲疑了一下，這遲疑包含著一點驚愕，她怎麼今天不上班？然而那種想和夏行凱說話的慾望還是抑制不住。電話從那個有著甜美女聲的手裏轉到了夏行凱的手裏。終於和夏行凱說上了話，彼此都有些尷尬，方令晚也沒來得及將自己生病的事告訴他，電話是在一片迷迷糊糊中掛斷的。掛了電話，令晚覺得自己壓了很久的一塊石頭落地了，然而那些後悔又成了絲絲縷縷纏了過來。頭又痛又脹，手和腳都是軟軟的，方令晚覺得不能再去想這些事了，實在是想不動了。

一覺醒來才感到人好像恢復了些生氣，頭腦清醒了很多，手腳也有了些力氣，方令晚想著要盡快回學校去，也許出去走走反而有好處，於是起來，換去睡裙找了一件純色的套裙，才發覺人是瘦了一圈。昨天父母說看了心疼，令晚只是覺得父母有些誇張，今天等梳洗打扮停當，才發覺自己好像真的是單薄了很多，鏡子前的她憂鬱而沉靜，令晚想難怪自己常不合群，同齡的女生一定是不喜歡她這個樣子，而她心底是多麼想回到那種無憂無慮，能灑脫開朗的狀態，只是那個夏行凱將她整個人都無形地拴住，讓她不進不退，不上不下，失了年輕人的無慮又沒有成年人的成熟和無顧忌，也許何潔說的是對的，愛情只是一種錦上添花的東西，而現在他們連最基本的問題也沒有解決。方令晚跟父母說了聲想出去隨便走走，父母也沒有攔，要出門的時候電話鈴響了，是夏行凱打來的。

令晚，昨天怎麼會打電話來，不是說好了不往我家裏打電話嗎？她這幾天生病在家，我忙得脫不了身也顧不得去學校看妳。昨天妳打電話是不是一開始沒說話，她很奇怪，連著問我究竟是誰。既然打了就說話嘛，這樣反而不好！

方令晚想起那幾秒鐘的遲疑，女人就是天生的敏感，僅僅是幾秒鐘卻也是能在電話裏感受到那份異樣的。

對不起，我，我不是故意的——方令晚注意到了父母就在客廳裏，也不好說什麼，心中著急起來。

令晚，到底出了什麼事？

我，我只是有點不舒服。方令晚揣摩著此刻夏行凱的心思，她想他一定以為自己是小題大作，那些在病中想要求得援助的焦灼之情和相思之情到了現在倒成了一種手足無措。

令晚，這些天我很忙，她的病一時不見好，我得留著照顧，等過些天我來看妳好嗎？哦！記得，不要打電話來，以免有不必要的麻煩。

掛了電話，令晚跌坐在沙發裏。父母看到她臉色不好，執意不讓她出去，回到房裏，令晚終於哭了起來，怕出了聲音驚擾父母，內心的傷心已經將整個心都淹了。

病徹底好了之後，方令晚一心想的就是快點回到學校裏，將自己的狀態調整過來。她去借了一些心盼了很久的好書，將手邊的一些事做好，那些心痛的事被擱置到心底的一個角落裏，不去碰，離得遠遠的，傷痛便小了很多。何潔回來了，一臉的快樂，方令晚很感慨，原本快樂是一件單純又簡單的事，何潔找到了快樂的天堂，而自己雖然連快樂的門檻也未靠近，但抑制住悲傷總還是應該可以做到的。方令晚想讓自己快樂起來，她覺得似乎有一種新的東西在遠方召喚，儘管她也分不清那究竟是什麼，但她知道那可以讓她快樂起來，讓她不再沉鬱和消瘦，讓她可以不再給父母添煩心。夏行凱連續半個多月沒有和方令晚照面，這倒給了方令晚一個安靜。

方令晚終於將手邊的事整理好，心裏的那些雜亂如麻的事也被擱置到角落裏，她開始有心情騎著車出去隨便逛逛，那個很久沒去的酒吧又讓她生出了嚮往。挑了個下午一個人抱著本書去坐了一會兒，老闆見令晚來了很高興，關切地問著為什麼好久不來了，寒暄的同時遞上一杯令晚慣要的托尼克水和一杯酒。

今天是怎麼了，你是知道的，我從來都不喝酒，不要說洋酒，連啤酒都極少碰，我對酒精過敏。

這是蛋黃酒，是專給小姐配的，不會醉人的，口味很好，進了十瓶價格雖貴卻賣得很好，只剩最後一瓶了，特地給妳嘗嘗。

謝謝。

方令晚嘗了嘗這種洋酒，感到除了一些略微的辛辣之外就是一種柔滑的刺激，是讓人從口感到神經都會為之一振的新鮮。方令晚倚著窗看了二十幾頁的書，人感到很舒暢，前些日子整個人都是惶惶然，現在終於可以調整到看書的心境中去了，又隨手做了些筆記，然後在筆記本裏隨便畫了幾張她心盼的美女圖，畫著畫著就忍不住地笑出聲，到了過晚飯的時間才心滿意足地回學校去。

張磊在宿舍門口等了很久，正準備走倒和興致正濃的方令晚遇見了。

你怎麼來了？

我特地來看妳。我本想請妳一起吃晚飯的，等了很久，現在都早過了時間了。

我還沒吃。

兩個人來到學校附近的一家小餐館，點了好幾份菜，方令晚是真的餓了，也顧不得作小姐狀，和張磊一起風捲殘雲地將食物當敵人一樣地消滅掉。張磊看著方令晚這樣的胃口好也是從心底高興。

令晚，妳這些天好像很高興，氣色也好多了！

是嗎？我不覺得。

妳應該多高興少憂傷，妳身體不好，一天到晚心事重重對身體不好，妳應該多笑笑，妳笑的時候很美。

吃完飯，張磊提議在校園裏走走。兩個人在校園裏散步，夜色靜穆，輕風微拂，身旁擦肩而過的都是一些校園情侶，或相倚或牽手。方令晚想起來在校園的夜晚相約散步的大多是情侶，或是現在還是好友但目標是要發展成情侶的人，自己呢？從沒想過要和張磊發展成情侶，這一想，使得本來一點兒事沒有的散步突然變成了一件尷尬的事。張磊顯然也開始有點緊張，平時的開朗和口若懸河到了這靜夜被夜幕和無聲無可奈何地收斂住。走的路被樹影映著，在夜裏更有那一種與人隔絕的幽暗，步子想快又被滯緩住。張磊側身一把將方令晚擁住，方令晚嚇了一跳，但她並沒有太大的意外，她已經預感到有可能會有點不尋常的事發生。

令晚，我真的是喜歡妳，我——

張磊的緊張使得他的手有些微顫，他用力一握，方令晚整個人都跌進他的懷裏，他順勢吻了方令晚一下。方令晚馬上就冷靜了下來，對這冒昧的一吻既沒有怒也沒有恨，只是輕聲地吐了一句：

你這是幹什麼？別這樣，我們只能做朋友的——

輕巧地從張磊的臂腕裏掙了出來。張磊像被人澆了盆冰水一樣，又冷又驚又狼狽地站立在那裏，他預謀了很久的一個表達他情感的方式，在他千般思量萬般躊躇過後得到的結果沒有在他假想的任何一種可能裏面。方令晚的冷靜讓他吃驚，而沉靜中的那無可挽回的堅決令他感到的是一種絕望。

令晚後悔的是想到幾週以前為了激發另一個男人的妒嫉的那一次握手，她主動地去握了一個心儀自己的男孩子的手，沒想到在夏行凱那兒成了一塊落到大海裏的小石頭，波瀾不起，而一個本來只是做來充當臨時道具的男孩，卻為此付出了將本來猶豫的感情付諸到要實現它的勇氣，結果使得他莫名其妙地受傷。方令晚感到，自己實在不該，她的行為傷害了兩個男人，而自己也被傷害了。

感情是一把雙面帶刃的刀，除非是你心不在焉，如果你要欣賞它的美麗、享受它的甘甜，那就得用這把刀在自己或別人的肌膚上刻劃華美的圖案，那絕倫的圖案是你欣賞到的美，那流出來的血就是最甜美的汁液，你在為了得到這些享受的同時付出的是切膚之痛。

還是方令晚開的口，我想回去了——

令晚，我——對不起。

沒什麼好對不起的。

方令晚知道要再和張磊做朋友恐怕是不可能的了，男人為什麼不是想和女人走得太近就是和女人永遠也走不近，世界上除了得到和放棄總應該還有些別的什麼吧！男人不了解女人是因為不是看得太細微而失了把握全局的分寸，就是看得太模糊而無從了解。而女人又是死心眼，當男人離自己遠了總有一些從心底裏泛起的失落，離了近了不是生出惶恐就是矯情。那些不即不離的感情總是在一段時間裏比較可以稱得上浪漫，而女人口上雖說喜歡浪漫卻沒有一個希望和一個自己喜歡的人長久的不即不離的。

方令晚想到了夏行凱，和夏行凱倒真的是不即不離的樣子，可以說是浪漫，也可以說是愁苦，還可以說成別的任何什麼，反正說什麼都行。至於是不是可以說成愛情，方令晚覺得全是疑惑，愛，好像是一個極遙遠的東西，看得見觸不著。

真真切切地是安靜了一段時間。方令晚倒反而覺得安了心，沒有任何人來打攪。但這份安心是那麼的虛弱，心底裏終究是掛念著夏行凱的。

夏行凱在忙完身邊的事後就來找方令晚，兩個人差不多有近一個月沒有見，想說的話太多，就有著無數的頭緒不知從哪裏起。夏行凱約了方令晚到一個僻遠的公園裏，將她揉在懷裏，揉得很緊彷彿怕別人搶走一般，無限深情地吻她，將她擁在膝上，臉深深地埋在她的胸前，眼淚濕了令晚的衣服，卻也不說一句話。令晚擁著他，心裏是有些怕。

行凱，到底是出了什麼事，告訴我好不好，是不是她出了什麼事？還是你？

夏行凱一語不發地盯住方令晚，很久才吐出一句話。

我只是想妳，想得受不了，這些天我待在家裏不能見到妳，才發現妳的重要，沒有妳恐怕是不行的了。

方令晚愣了很久，和夏行凱認識那麼久以來還沒有聽到過這樣柔腸寸斷的話，他一向都是傲慢和極能克制自己的激情的，這次若即若離使得方令晚傷心，也已經有了些心理準備將這份情淡化的了。夏行凱突然而至的抒情完全打亂了本該循序漸進的發展，且起了方令晚鬱積的矛盾和思念，方令晚看著緊擁著她的夏行凱心想：這個男人終究還是愛自己的，自己對這份愛的迷惑許是任性的緣故。

這一個對愛的肯定是多麼的重要啊。方令晚所求的也只不過這一個肯定而已。

接下來的日子，兩個人都有些肆無忌憚的熱烈，居然兩個人攜手去逛街，乘車的時候夏行凱亦會攬著令晚的腰，去看電影、話劇，去郊遊，亦一同去買好書，夏行凱還跑了半個城市給方令晚買了一份讓她心儀已久的禮物。而這種放肆居然也是特別安全，從來沒有在街上碰到任何熟人，甚至有一次方令晚在特別高興的時候在街上跳起來印了一個小小的吻在夏行凱的臉頰上，這樣的行為對於他們兩個受足了約束的人而言是絕對不同一般的了。

從和夏行凱認識以來，這一段日子是最開心的。何潔見方令晚頗有些走火入魔的樣子，便問：

他有沒有可能離婚，妳知不知道妳若想要和他在一起將會有多大的障礙。

我沒有想過他要離婚，我也不要他離婚，他要是離婚將要面對多大的障礙呢？別人會說他背信棄義，是現代的陳世美，他那麼多年積累的地位、名譽都要毀了，而我至多是被指責成一個不懂世事的少女，別人會說是他引誘我，他一定會受傷受苦，他若是苦痛，我得了他也不會開心的。

那妳發瘋了，那麼投入，那麼認真，妳知不知道妳到時會痛得發瘋的——

我們終究是要分開的，在一起的時候能夠愛多久、愛多深就任意吧，將來的事，我是早就不想的了。

張磊申請了南方的一家中外合資企業作為工作的去向，那是一家規模齊整，在世界上都有很好聲譽的公司。臨行前和方令晚見了一面，互相留了地址，張磊送了一個長毛絨的狗還有一個八音盒給令晚作為禮物留念，此外就是一些特地從友誼商店買來的乾花和紙燈籠，都是一些討女孩子歡喜的禮物，令晚買了一套Van Morrison的CD送給他。兩個人說好了以後有空要多聯繫。張磊走的那天執意不願讓令晚送，分別的話就那麼幾句早已說過了好幾遍，那一天方令晚正好參加一個考試，等從考場出來昏昏乎乎之間才想到張磊已經上了火車了。一個人突然就這樣走了，何時重逢是不可數的未來，一個本來也許會和自己發生很多牽連的人倏忽之間就有可能與自己今生今世將不再干連。令晚的心沉了下來，想的都是張磊對自己的好。緣分也許就是這樣的了。好多的緣分並不是兩個人走在了一起，而是兩個本來毫無干連的人因為一個契機留了一個缺口，那個缺口裏裝了一些彼此的情誼，到末了也只不過是那樣點到為止，留在記憶裏永久地藏著，不讓人痛、不讓人苦，也不讓人喜和樂，直到老死卻還是有一抹淡淡的記憶。談不上有緣無分也談不上有分無緣，卻只是真真切切的緣分。人海茫茫，兩個人都能存一些美好的回憶難道不算有緣嗎？

何潔的婚期一天天臨近了，忙著讓先生從香港訂了一套禮服。何潔說她可以不要婚宴但一定要禮服和婚照。那樣細碎雍容的雪白的確是最適合新婚的。方令晚陪著何潔做一個準新娘要做的一些事，有錢的好處這時是體現出來了，當你想要什麼的時候就可以得到什麼，當你想要方便省事的時候就可以稱心如意。想到何潔說的：愛情只是一種錦上添花的東西。這朵花添在一個年輕的女人和一個事業有成物質豐厚的男人之上，況且兩個人也是琴瑟相合，就真的成了一幅佳作了。方令晚是從心底為何潔高興，不是每個嫁得富裕的人內在都有從容不迫和幸福感的，而何潔有。

和夏行凱的感情也是一直在浪尖上顛著。那種方令晚不想去想的結局終究還是來了。夏行凱像著了火一樣地告訴方令晚，有可能他的妻子已經察覺到他的異樣，儘管他們已經感情淡漠且已做了幾年的名存實亡的夫妻，但她畢竟是妻子，她擁有她應該擁有的一切權利，包括打破沙鍋問到底，包括訓斥和吵鬧。起因是看到了一張寫滿了晚字的紙，是夏行凱神思恍惚時信手塗的，再聯繫到略為遲疑的那個電話，再則近來夏行凱的頻頻外出。

令晚，昨天她哭了，問我是不是不要她了。

你怎麼說？

我，我還能怎麼說——

那你究竟是怎麼說的？

我，我說，沒有的事。

夏行凱說了就知道這話說得不合適，一時就慌了手腳，忙著去牽方令晚的手，令晚也沒有逃，任他牽著，背向夏行凱說：那，那就是沒有的事！眼淚奪眶而逃。

夏行凱為了消除妻子的疑慮，去應證那一句——沒有的事，是斷然不敢再像以前那樣陪著方令晚那樣到處瘋了，這一收斂愈加地小心為甚，頗有些矯枉過正的味道。方令晚意識到這一次她作為別人愛的散步的陪伴者是到了盡頭了，心中是非常明白的，可倘要真的去接受，就感到像要踩在自己的心尖上一路飛奔而去一般地生疼，心底其實一直是在畏懼、害怕著這一刻的到來，那種想要挽住一切的願望儘管像愈來愈小的火苗可終究還是未曾全部撲滅。

方令晚等著夏行凱對她說：「我們分手吧！」她想把這個機會讓給夏行凱，她知道他剩下的真的不多了，這唯剩的一點自尊是應該讓給他的。然而夏行凱就是不說，方令晚知道他心裏是不願意的，行凱曾對她說，為了妳，死都是願意的，沒了妳，我是死活難辨的。這話雖然有著些海誓山盟時的誇張，但令晚明白，倘若自己和夏行凱分手，夏行凱一定是傷得不輕，而自己也一定像何潔說的——痛得發瘋。

方令晚要的只剩下一份愉快而明瞭的分手，至於分手之後的痛是另外一件事，然而夏行凱卻連這個分手的機會都不給她，這令她感到從心底的茫然無從。這種拖延是最折磨人的，彼此都知道前方的路是一叢殘垣斷壁，也是註定了要走過去的，就是將步子挪至原來的千百分之一，讓心在墜入深淵之前早已枯死過去。

夏行凱好不容易得了個機會與方令晚見面，看得出夏行凱是在一天天地憔悴下去，兩個人在酒吧裏對坐了半天也說不了一句話。

令晚，我想過了，不能耽誤妳的前途，妳應該去找一個更合適妳的！

什麼叫合適？

這是為了妳好！我這一生事業或許還有發展，感情的事是不敢再指望的了，可妳還有很好的前途。

那你呢？你這樣放棄有沒有一點不捨得，到底是為了我的前途，還是為了你的怯懦？

令晚——當然是為了妳！

也為了你，不是嗎？好在我本來就沒有想過寧為玉碎不為瓦全的事能在你身上發生。

方令晚說著，心底又生出些遺憾，好不容易見次面總是在語言的利劍中使彼此本已受傷的心再添些新傷。自己早已是有足夠的心理準備想放棄了，可嘴上偏偏要讓夏行凱去背負一個歉疚，心裏又為他疼，究竟是何苦呢？

這樣的短暫的會面進行了幾次，每一次都談不出個結果，方令晚開始感到自己的可憐的同時又佩服何潔的高瞻遠矚，何潔說過，痴心對於男人而言是負擔，對於女人而言是折磨。

這反而使得她的那份決心一點點地堅決起來，一來是因為本身的局勢朝著這個方向發展有著勢不可擋的氣勢，二來是夏行凱的那份徘徊和猶豫雖早已在自己的估計之中，但真的到了這個坎上卻是讓自己傷心。方令晚是真真切切地體會到中國的那句古話：「一夜夫妻百日恩」，一個有責任感的男人即便愛已死了，為了這份夫妻的恩情也能作出超出想像的忍耐和克制的。

何潔瞪著方令晚，牙齒裏擠出幾個字：

他根本就是虛偽，他為什麼沒想到妳更需要愛，即便是錯愛也是需要的，什麼為了妳好，全是明哲保身的託辭，只有妳這種傻瓜才會相信，一開始就是他錯了，是他惹妳，是他知錯犯錯，如今想知錯就改了，也只有妳這種傻瓜還會遷就他！

方令晚知道何潔是為自己抱不平，然而那些切骨的話是不能說的，一說就破，陡然挑破了最後一層還能遮遮掩掩的紗。

小潔，不談我了，好嗎？妳下週走我去送妳，一到美國就打個電話來報平安！

何潔的淚抑制不住地流了出來，倒在方令晚的肩上，方令晚像哄小孩一樣地哄著她，自己的傷心是全然顧不上了，想到好友就要遠渡重洋也不知哪一天再能相見，雪上加霜的疼，欲哭無淚。

待到方令晚承受不了的時候，想到將這個挽留自尊的機會在夏行凱那兒也只有徘徊復徘徊的份時，終於決定由自己來了斷了。

行凱，既然你說是為我好，那就成全你的心意吧。

妳說怎麼樣就怎麼樣吧，隨便妳！

夏行凱一臉的沉鬱。

什麼叫隨便我怎麼樣就怎麼樣，我們之間的事哪一樁最後還不都是聽你的，看起來表面上好像都是由著我的性子，其實到末了還不是聽你的，你說要讓我去找一個更合適的，你說你這一輩子也就這樣了，這都是你說的，你到底要我怎麼樣做呢？

方令晚心想，夏行凱終究還是捨不得，卻又放不下架子來企求令晚的回心轉意，至於要方令晚能甘心倍受委屈地充當感情伴侶好像也是一種奢望，當然也是他不忍心的，畢竟方令晚是個待字閨中的年輕女孩，然而要真的割捨卻怎是一個「不捨」可以了得？

令晚，我，我還是——離不了妳——

夏行凱的這一句是需要付出多大的毅力和卸下自尊的勇氣，方令晚看著焦頭爛額的夏行凱，一個曾經讓自己覺得無比剛毅的男子漢竟然也會像一個孩子一般無助。

去送何潔的那一天，終於見到她那位溫文儒雅的丈夫，年輕柔美的何潔被他擁在懷裏，舉手投足之間都充滿了呵護。幸福究竟是什麼，這份閃電般的婚姻給了她一份了悟：幸福離我們很遠，可快樂就在你我手邊。倘若幸福本身就是一種無形的，誰也不可名狀的東西，那麼能夠擁有快樂還不算是件幸運的事嗎？何潔走了，那緊緊的擁抱和揮別的淚水是不能將多年的友情一起了斷的，友情風箏的線一下就放飛到很遠的地方去了，何潔的心裏又空了一塊。

一個月過去了，夏行凱來過電話也來找過方令晚，人是一次比一次憔悴黯淡，幾十天過去後人像被掏空了大半，差不多是形同枯槁了，每次都是兩人沉默不語，兩個人其實已經都像經歷了長途跋涉般的疲憊，老早就已游離了，只是好像還有一線細絲纏著，終也是越拉越遠了。

轉眼到了秋天，夏季的煩躁和喧囂都被收斂了起來，一日日地涼起來，人心開始有了些得以舒緩的餘地。方令晚已經和夏行凱有幾個月沒有見面了，這段情感終會像落葉一般悄無聲息地去的。何潔來信了，說那裏一切很好，感到很快樂，只是很想念家，很想老朋友，何潔問令晚：妳是不是還在尋那個愛字，夏行凱能幫妳找到那個字嗎？愛究竟是什麼呢？妳要的愛情究竟是怎麼樣的呢？

方令晚又回到了以前的那種生活，被很多人簇擁著，被父母至愛著，卻好像永遠游離於他們之外，那種單獨的感覺較以往更甚了，還是經常一個人去酒吧坐，想給何潔回信卻是不知怎麼開頭，愛是什麼呢？令晚在給何潔的回信中寫道：

人並不因為旁人愛他，他便愛旁人。如果是這樣，那麼世上便沒有失戀這回事了。使人墜入愛河的原因往往在情感之外——這種原因可以是十分荒唐的，因為美麗，因為眩目，因為成功或僅僅因為寂寞，愛獨立於使它產生的原因而存在。原因的荒謬並不意味著愛不真實。愛一旦生發，縱有再多的不合適，它也能執著地存在，野火燒不盡春風吹又生。愛，具有一種懸浮於實在之上的能力。

原因也許是決定愛的持續的因素，原因「合理」，愛便長久。但，持續並不就代表著愛的真。愛不僅獨立於邏輯，也獨立於時間，愛可以是光輝而短暫的。所以，愛還是應該是一種「純情」，純到使它產生的非情感的因素都消失了，它仍舊繼續存在。誰也不能嘲笑愛是不真實的，愛永遠是真實的。愛即是愛本身。

寫著，寫著，方令晚覺得眼前是一陣眩目和恍惚，感到自己如同是從一種小說化的情境中慢慢地游離開去。曾有的落花繽紛的往昔紛沓而至又迅即退去，漸漸凝固在一個輪廓模糊的背景上。她想告訴何潔的是：她正在無可奈何地和一個淒美的小說告別，這絕非是她的本意——而是她絕望地看到，是那個背景不再需要她且將永不需要她。

她會好起來的，之於快樂、健康、安寧也許終會達到的。等她完成了那個掙脫的過程，一切的一切又將重新開始了。那個過程到底需要多久，心裏是一點底也沒有。朝著一個方向飛或是掙扎都是可以的，只要離開此時此地此情此景就好，究竟要往何處是以後的話題了。

弦月

秦煜杰看著舒卿的側影閃進了人流，連一抹弧線都是那樣稍縱即逝的優雅，然後是連一絲氣息都蕩然無存了，好像從來沒有在自己的身邊停留過一樣，周圍的人群開始蜂擁地從他的視線裏交錯，空氣也變得漸漸混濁起來，很快地，自己就變成了一個小黑點，慢慢地被吞湮掉了。秦煜杰站在原地，一動不動，空茫地注視著前方，心裏想著就是要這樣站著，任憑擦肩的人群中有人狠狠地撞上自己的肩膀，他想人最好越來越多。多到大家能夠前胸貼後背一般，自己可以在潮水般的人群中，在極度的疲憊中得到喘息和休憩。

秦煜杰心痛、難受，他將這一切化作一種沉淪，徹底地墮落、放縱。反正這一切他都是慣了的。只是這一次的自我放逐在本質上和以前是有著太多的不同，心底裏帶著無盡的苦楚和清醒的認識。可是旁人不知道秦煜杰這一次是歷經了脫胎換骨的人生裂變，只是覺得這個浪子這輩子也就這樣了，好不了，難怪連老婆也留不住，寧可跟著別人去做「金絲鳥」也不要他。秦煜杰非常清楚別人在背後是怎樣議論他的，那些不堪入耳，最傷人、最齷齪的話在那種渾濁、稀薄的空氣中像噴霧劑裏散發出來的驅蟲藥水的味道，慢慢地瀰漫開來，秦煜杰覺得世界上的人絕大多數都有著落井下石的毛病，也許是生活太單調了，偶而有一個人出了個大笑話，大家能從中找到些樂子，看著這笑話裏的人如何尷尬、痛苦，聊以發洩壓抑在自我胸中的鬱悶。至於是否一定要有多少惡意，好像也實在是說不上來。

秦煜杰現在是孑然一身，有著法律賦予的自由的權利，不像以前，總還有些顧忌，有些偷偷摸摸鬼鬼祟祟。現在是明目張膽地墮落。賭博，賭得昏天黑地，麻將、桌球、Show hand、牌九，無一不精。想著法子換女人，三、五天就是一個，越換越年輕，也不知那些小姑娘是怎麼樣被他哄上手的，再就是每日耗在飯桌上，藉著酒意撒潑說瘋話，將自己心中的怨氣吐出來，同樣是用最下流最齷齪的話。耗盡了力氣的他就像死豬一樣可以躺上兩天兩夜。模糊醒來之際常是最黑的黑夜，巨大的空茫和無底的孤單像夜一般將秦煜杰裹住，有時會驚出一身冷汗，人就像被鞭子狠抽了一把，所有的混沌未明頃刻間就像是從竹籃子裏漏出去的濁水，留下的只有那些不堪入目的雜碎。秦煜杰只有在這一剎那間感到生活很殘忍。

秦煜杰現在手上握著一大把的錢，別人說他是吃軟飯的，靠「賣了老婆」來掙得這份錢。他早已是聽得麻木了。剎那清醒後又陷入到那份沉淪中去，看不清，聽不見，一切變得迷迷濛濛的，偶爾，會閃過兒子的那張漂亮純真的臉，秦煜杰這時候會流淚，是在心底流淚，面上還是那種浪蕩公子輕薄的笑。所有往昔的日子裏點滴的溫馨任憑怎樣拼貼，都是一張張破碎不堪的畫面。原本以為有了兒子，生活就有了一點寄託，也曾經為了兒子有所收斂過。然而，現在，兒子也保不住，跟著舒卿跑了。他心裏自然是不願意，不願意又如何？這是舒卿提出的條件，他是把兒子也作為一個重重的籌碼一起賣了，才換得現在的一切。秦煜杰是從心底裏恨這個叫做舒卿的女人，這個曾經讓他愛得天昏地暗的女人，但這一份恨總是持續不長久，很快就模糊起來了，因為在心底，秦煜杰最恨的是自己。他知道父母恨自己沒出息，朋友們都是些酒肉朋友也無所謂誰恨誰，但總是有些遭人厭的，妻子是傷透了心才離開他。三十八歲的他因聚賭和嫖妓被拘留過，沒有職業，這也就意味著沒有收入，聲名狼籍卻還改不了惡習，花錢還是像流水一樣，沒錢了更想上賭桌，靠著些雞鳴狗盜的伎倆總還能撈些錢。除了空長了一副好皮囊，是什麼也沒有的。俗語稱某些吊兒郎當的人叫「二流子」，這個稱呼用在秦煜杰身上還抬舉了他。在三十歲之前，他就是一直這樣混著，年輕時因為文革沒有念什麼書，秦煜杰的人生辭典裏沒有「規範」二字的，橫衝直撞地過了三十年，好像也一直是有驚無險。直到在三十一歲時遇到了舒卿，一個十八歲的漂亮得出奇，純情到極至的高三女生，那一年，秦煜杰和舒卿的命運都被改變了。

一晃八年了。八年以前的那個夏天。舒卿從高二升到了高三，是一所重點中學的學生。

她太漂亮了。十八歲，已經可以將一個人所有的柔美和純情都舒展開來了。這樣一個像天使一樣的小女孩卻是內心多愁善感且有些傷痕的。父母在她很小的時候就離異了，舒卿跟著母親過著那種要將一分錢分成兩半的日子，母親改嫁，舒卿又被繼父帶來的兒子欺侮辱罵，母親身體不好，全部的生活依賴只能靠繼父，生活是灰色中帶著驅不走的陰沉。舒卿是個個性倔強的孩子，她寧可與外婆擠在八個平方米的小閣樓裏過，再也不願意去那個新家。父親又娶了一個年輕的女子，搬離了這個城市。舒卿在這種失愛又灰濛濛的環境下長大，卻像是汲了天地間的靈氣一樣，從塵埃裏長出一種清新的美。這一年的暑假，舒卿的一位姑媽看到她要高考了，在這幢老式的石庫門的底樓廂房裏打掃了一間房子留給她，希望給她一個安靜的環境，以她的成績考個普通高校的本科是蠻有指望的。姑媽希望替自己的兄長盡一點力，在這個侄女最關鍵的一年幫她一把。雖然家境破敗，可一個如此美麗可愛的女孩，若能考上了大學，錦繡前程好像就在眼前唾手可得一般，一切的改變都是有可能的。幾乎所有的人都是這麼想的。舒卿的心裏也是這麼想的，希望的風帆鼓得滿滿的，所以儘管心理愁雲密布，可那一小束希望就像盞盞燈火在前方飄搖著，偶而會在她白淨的臉上綻放出由衷的微笑。

秦煜杰第一次看到舒卿是在黃昏時分的巷子裏，舒卿像是孩子王一樣領著一大幫小孩跳橡皮筋，額頭上滲滿了汗，臉上是大朵地綻放著的純真的笑，優美的曲線被裹在白襯衣和牛仔褲裏。秦煜杰從十八歲就開始在女孩子堆裏混，這一年他當海員才回家休假沒幾天。船停在南美的小國家的時候，他下船休息的時候去嫖妓，被船上的領導知道了，這違反了外事活動的紀律，這次出海歸來，秦煜杰丟了工作，是被開除的。這同樣意味著他將近五年的國際海員的生涯就此結束。至此，他成了一個失業青年，帶著一份不名譽的結局。這一年，他三十歲。

他看著舒卿在那些橡皮筋上躍來躍去，這條巷子他住了二十多年，怎麼從來沒有見過這個女孩。她的清新脫俗吸引著這個情場老手，他知道，這樣的女孩是他已往的經驗中絕無僅有的，以後可能也不會再有了。他就這樣站在巷角看著，不容錯過的樣子。直到暮色一陣陣掛下來，孩子們被大人喚回家去吃晚飯了。他看著舒卿心滿意足地走進了二十五號的大門，就像是回了家。秦煜杰住在十七號，就在二十五號的斜對門。秦煜杰在心底略略有些訝異的同時還有些喜不自禁，他在心底肯定了，就在他的對門搬來了一位新鄰居，一個讓他感到人生最尷尬最無聊的時候依然能喚起怦然心動的女孩子。所有的故事都在那個淡淡的不經意的黃昏開始的。只是一根細得看不見的線在昏暗中恍惚，秦煜杰第一次真正感到自己竟會如此可笑，為一個不知姓名，沒有說過一句話，根本毫無關聯的女孩子夜不成寐，輾轉反側，心中湧動的是一種單純的東西，就是想認識她。

舒卿在事隔多年之後，總在紛亂的回憶裏感嘆命運對人的捉弄。事實上，外表柔美純情的她，心裏是有著或明或暗的傷痕的。自小懂事起，父母就是吵架，吵到後來讓人從牙縫裏都生出怨恨來。好不容易不吵了，也就意味著要去承受父母離異的結局。跟著母親與繼父的日子更是無法安寧。心底就像是乾涸的河床，愛、溫暖、憐惜是遙不可及的。如果那一年，舒卿沒有被善良的姑媽邀來同住，仍舊同外婆擠在那個鴿子籠裏面，憑著咬牙的堅強和骨子裏的倔強，以舒卿所在的那所中學和她的成績，她是完全可以成為一位大學生，更重要的是與秦煜杰有可能永遠都沒有什麼關係。可是，姑媽的好心就像是一個支點上的一個小得不能小的力，改變了所有事物的發展軌跡。

舒卿在那個黃昏之後開始承受秦煜杰瘋狂的溺愛。長久失愛的她完全喪失一切免疫力，既而又以加倍的熱情投入到這場愛戀之中去。這樣的戀愛在風捲殘雲之後面臨的是一大片支離破碎的邊角料。剩下的，也只有他們邊舔著傷口邊自我收拾。舒卿沒有考上大學，這是最深的隱痛，被分到一個勉強的職校裏。秦煜杰不可抑制的沉溺，沒有正當的生活來源，在焦慮之下培養起來的感情完全處於一種自我欺騙與自我逃避之中，一旦最初的狂熱散盡，現實的巨掌只需輕輕一閃，悲劇的序幕自此拉開，緊接著就是沒完沒了的延續。

原本彼此的狂熱還有些躲躲藏藏，礙於鄰居和姑媽的面。這一年的夏天，舒卿和秦煜杰正式同居，她拎著一個小包和一個旅行袋從二十五號姑媽的家搬到了十七號秦煜杰的家，在眾人訝異和鄙視的目光裏，在姑媽無可原諒的憤怒裏。直到兩年以後，姑媽搬離了這裏，舒卿也沒有再和姑媽說過一句話，她知道，她是傷透了家裏所有人的心，所有的人都認為，原先那個純真善良的她好像失蹤了一樣，她變得不可理喻的墮落和失敗。

可舒卿想的是要盡快結束飄泊、流浪的茫然的感覺，無論小時候那個日日吵鬧的真正的家，還是跟著生母繼父過的地方，或是外婆的小閣樓、姑媽的臨時棲居地，她都是心裏慌慌的，好像是沒有安定的感覺。現在，跟了秦煜杰，這個讓她可以瘋狂到自己二十年守身如玉最寶貴的東西也給得心甘情願的人。雖然，她知道秦煜杰不是一個好男人，也不是一個好選擇，然而她已經為他失去一切了，前途和自我都已墜入深海，她只想跟著他，也只有在秦煜杰的屋子，她有一種氣定神閒的安定，沒有飄泊不定的感覺，她感到一切都是屬於自己的。更何況，他們之間是因為愛，僅僅是因為一個愛字啊，讓她放棄一切，也不知道前面的路會延伸到哪裏，可就想這樣互相依偎的樣子。兩個都是底子裏孤獨至極，並被孤單寂寞折磨了很久的人，現在至少可以從落寞的巨大的陰影下走出來，這才發覺，有那麼一瞬，愛就像詩歌裏吟誦的那樣，是陽光，是雨露。

舒卿那一年才二十歲。

現在的舒卿回想起二十歲的樣子，常常是嘆氣，那時，人家都在抱怨命運捉弄人，好端端的如花兒一樣的小姑娘，可就是有些命苦。舒卿現在回頭想想，人間一切的事情本來是沒有什麼苦樂的分別，你希望時是樂，經歷時是苦，臨事時是苦，回想時是樂，換一句話說，眼前所遇的都是困苦，過去、未來的回想和希望都是快樂，即使是久別、背叛、分離這樣的事情都有快樂在內。所以不必嘆息，要把眼前的事情看開才好。這一個「看開」在舒卿而言是用了八年，一個女人從二十歲開始的最好的歲月。

秦煜杰是常常回想與舒卿最初交往的一年。一個高三的準備高考的女生與自己生命中從未知覺的那份痴迷和真誠共同燃燒的一年。

秦煜杰從那天黃昏時分看到在巷子裏當孩子王的舒卿既而失眠了一整夜。第二天開始他就開始全面出擊，追女孩子在秦煜杰而言是太過容易些，更何況這一次他是真的動了心。反正他現在賦閒在家，有的是時間。

早早就起了床等在巷口，這在秦煜杰往日的生活裏是鮮有的。等著看到舒卿心急火燎地從家裏出來，一手還拿著一個咬了一口的麵包。秦煜杰將摩托車已發動好，舒卿打量著這個英俊帥氣的小伙子，她知道他就是住在對門的鄰居。秦煜杰殷勤地問，我騎摩托車送妳去學校吧。舒卿有點膽怯也有點訝異，只是覺得這個人很陌生卻有點親切，憑著女生本能的敏感，多少是有點感覺出這份親切裏略略的與眾不同。然而舒卿還是拒絕了，這也是女孩本性中的矜持與驕傲，第一次是絕不能輕易答應的，無論是怎麼樣的邀約或盛情。

秦煜杰一點兒沒有偈促不安，他倒是意料之中一般。然後舒卿去上學，他跟在後面，知道了舒卿的學校，了解了大致的下課時間，他又在學校旁邊的小巷子裏等，等到舒卿和那幫同學一個個拖著疲憊不堪的神情出來，及時地迎上去，說，我送妳回家好嗎？弄得舒卿一陣驚惶，還是拒絕了。

男人追女人，只要男人有足夠的痴心、足夠的耐心再加上略略的瘋狂，只要有足夠的時間，這一場追逐終究會遂了男人的心願，更何況那時的舒卿不諳世事，心中盛滿對愛戀的渴求。其實，追逐也只在追逐的起始是最美的。心中是愈漲愈滿的愛戀，無可抑制的溢出來，所有的甜美在那一瞬間積聚了所有的力量準備開放，心中的願望純而又純，一旦追到或是意外夭折都是美麗的中斷或打折。

秦煜杰有足夠的耐心，憑藉他對女人的經驗，他是最知道百忍成金的道理了。一日不成就二日，他是鐵定了心。女人的心終究是軟的，像是花蕊也像是小溪，更何況一個二十歲的女生。大半個月過去了，這天早晨，舒卿起晚了，早點也來不及吃，衝出巷子就看到秦煜杰倚在摩托車旁，這一次舒卿上了他的車，這一次他們才算真正認識，彼此知道了對方的名字，這一次算是交往的正式開始，也就從這一天開始，每天，秦煜杰騎車送舒卿去上課，放學了又接她回家。起先，這一切還瞞著舒卿的姑媽，這姑媽與舒卿雖然在血緣上是關係很親近的，但由於多年缺少往來，再加上舒卿的父母離異，舒卿跟著母親過，使得這個親更為稀薄了些。姑母本來也只是出於好心，至於過多的如父母般熾熱的摯愛、體恤是沒有的了。姑媽也很忙，一個將近二十來歲女孩的心裏千轉百迴的心思和愁腸百結的哀怨，即使是連親生的母親都未必體諒得過來，更何況是這樣像泡了第二次的紅茶包的親戚的親情——貧血的。後來，秦煜杰老是往舒卿家裏跑，也經常是請舒卿到自己家裏吃飯，姑母也是看在眼底，好像也是沒有過問，只是極為客氣的寒暄，表情倒是還有些冷峻，也不讓秦煜杰太過放肆。秦煜杰也不得不顯出一些敬重，但終究是沒有什麼大礙的。秦煜杰是沒有想到這一切會是這樣順利。

秦煜杰時常看著舒卿像一個瓷貓一樣趴在窗臺上，靜靜的，或看書或冥想。心裏想著，女人和女人的差別怎麼會這麼大，舒卿純淨得讓人心底裏不自己的珍惜起來。大多數的女人讓人記不住，即便有過再親密的肢體交流，也很快就忘卻了，甚至可以不再想起。有些女人引起你想去占有和玩弄的慾望，而只有那麼一個，一個你一生中唯一的女人，讓你渴望在她的注視下慢慢死亡。此刻的舒卿顯然在秦煜杰的心中屬於最後一種。

秦煜杰是完全打破了以往和女人交往的慣例。他是收了以往浪蕩的性子，以對女人最大的熱忱和呵護小心地愛戀著舒卿，不輕易地越雷池半步。他正處在一個人生的叉口上，因為自己浪蕩的性子丟了一份好工作，對生活本來是生出了無限的懈怠的。舒卿的出現就像是一陣清風，秦煜杰常常是站在一旁欣賞她，有點痴醉的感覺。

接下的生活就像是陷入泥沼一般的稠密和幾乎讓人窒息的瘋狂。秦煜杰常常想的就是生活對人有的時候是無所謂公平與否的，而能在生活裏掠得一些奇蹟便是大幸了。街坊鄰居面上雖是不露聲色，可是背地裏都有著為舒卿惋惜的意思，這樣好端端的姑娘為何就這樣糊塗。舒卿是從來沒有覺得有一個人會對自己這麼好，那種從女孩子悄然變成女人的感覺是讓人沉醉的。這絕對是屬於個人的秘密，那種漸漸漫漲開來的肢體間的溫潤和馨香也是只有自己才可體會到的，連秦煜杰也不知曉。

秦煜杰是帶著舒卿瘋狂，靠的是前些年做國際海員時的積蓄。以秦煜杰原本的家底是根本經不起他如此這般揮霍的。秦煜杰擁有那時一個年輕人成家渴望的一切東西，成套的進口音響，超寬立體聲彩電，本田摩托車和大大小小進口的家電。他經常把音響開得震耳欲聾的，可是他住的這套房子是很有了些年頭的老式石庫門，既沒有很好的回音吸音的功能，更經不起他如此這般折騰，音響實在是棒，震得整幢樓都微顫起來，整條巷子都飄著他喜歡的歌，大家也是敢怒不敢言，怕惹了這個天不怕地不怕的浪蕩公子，背地裏有人說他是有點像不夠暴發的暴發戶，要靠這種畸形的炫耀來掩飾自卑。

秦煜杰是竭盡了心思想討得舒卿的歡心，隔三差五地上館子或是邀了朋友在家裏卡拉OK，也有和看女人一樣獨特的眼光去挑衣服，陪著舒卿去黃山散心，也買了同心鎖鎖在了懸崖上，然後把鑰匙扔進山谷裏。舒卿也在這種變了法子的情感漩渦裏徜徉，高考失敗的陰影倒也不太多地籠罩她，本來這會是一個很大的打擊，很痛的傷痕，然而愛情起初的甜蜜、狂熱將這一切掩蓋了。

現實的狀況總像一位老謀深算的老者，他可以有足夠的耐心，甚至是面帶微笑地看著那些充滿稚氣和熱情的人們最終一個個在自己面前俯首稱臣，他知道自己是不可戰勝的，所以他對於人們的一時得意總是不屑一顧的。

舒卿進了一家二年制的職校。她在這樣的環境裏是無法再尋回當年那種美好前程近在咫尺的夢了。周遭的人幾乎都是理想遭到打擊或是本來就已對前途不抱幻想的人，大家想的就是早點打發掉這兩年的光陰，然後可以過掙錢養活自己的獨立生活。舒卿原本是個乖孩子，她是很不情願無可奈何地掉進來的，她的惆悵和不安是只能藏在心裏頭，不敢張揚，生怕被人訕笑為「假正經」，但心底裏是真的傷心。

秦煜杰在最初的狂熱散盡後，他開始意識到這樣的日子恐怕是難以為繼了，存款上的數字是愈來愈少，再無多日就要耗盡了，自己又沒有正當的職業，沒有收入只有支出，長此，恐怕是要到山窮水盡的地步的。舒卿在念書，學校的補助是極有限的，生活自然也要仰仗他，他開始真切地為生活焦灼起來。心愛的摩托車託朋友賣了，卻騙舒卿說，是為了不讓她操心，實則是他真的沒什麼錢了。

找一份像樣的工作對秦煜杰而言實在是不容易，他既無特長又帶著一份不光彩的被開除的紀錄。況且，本性中少有吃苦耐勞的因子，髒、累、差的活他也不願碰。偌大一個圈子逛下來，依舊是找不到事做。

舒卿是到了女孩子如蓓蕾到怒放的階段，那種心底裏湧動起來的由女孩子蛻變成女人的感覺就像破繭而出的蝴蝶。

慢慢地，她就變成了一隻憂傷的蝴蝶。

秦煜杰開始為生活的困頓所惱怒。起先還只是自己跟自己過不去，久了，就成了習慣。對舒卿也少了起初的小心翼翼。開始了日常生活裏最常有的煩躁、疏忽、冷漠。

日常生活總是以其巨大的耐心迫使你不得不低下頭來。

生活的困頓使得秦煜杰開始慌亂，他想找個正事掙錢，可沒想到是那麼難，弄來弄去結果又捲到了麻將桌上。賭，和他多少還有點緣分的。舒卿也在吵架的時候罵過秦煜杰，說他是這麼沒出息。直到有一天舒卿整夜沒見秦煜杰回來，心中充滿惶恐和怨恨地等到了第二天的中午，才見秦煜杰熬紅了雙眼，臉色蒼白一語不發地進了門，舒卿發作了，全然沒有了一個年輕女子的嬌柔與矜持，她摔了桌上的杯子，大聲地吼了一句：「你不要回來了，就死在外面好了。」秦煜杰是輸慘了，也大聲地回了一句：「這是我的家，要滾的是妳！」

只有幾秒鐘的停頓，秦煜杰開始從一種極度的慌亂和恍惚中清醒過來，並且明白說了一句絕對不該說的話，這句話像一層薄薄的窗戶紙，將彼此的含蓄和許多理不清頭緒的東西統統都道破了。

舒卿散著頭髮，趿著拖鞋，像一個被輕慢慣了的婦人那樣，既而她以最快的速度整理好自己衝出了家門，秦煜杰想到去抓的時候已經晚了。

生活在瞬息之間就從最初的甜美醇香一下子墜入到庸常之中最讓人無法忍受的矛盾、拮据和爭執之中。

秦煜杰的心裏有些愧疚，但也實在是無能為力，他想的就是，舒卿現在是他的人了，他還是喜歡她，他要想盡辦法留住她，心底裏也估計到，一時半會兒，她還走不了。

舒卿是傷心和後悔。美好的憧憬很快就成了肥皂泡，她也不明白結果怎麼會是這樣的，像是中了邪進入了一座迷宮，起初見到的都是鮮花、溪水、樓臺亭閣，現在驀然間轉入了立滿礫石和堅硬嚴寒的洞穴，想要回頭也是不知哪條路，突然害怕再走下去，只有站在原地不停地哭，不停地傷心……

這一次，舒卿才明白，自己能走出的也只有家裏的這扇門，走不出多遠，終究還得回頭，想得心頭是一片黯淡與淒涼。被秦煜杰無頭蒼蠅一般地找了一整個下午和晚上，結果還沒找到，到了子夜，舒卿才自己回了家，秦煜杰的充滿感激和動情的擁抱讓她想起了那個充滿礫石、堅硬嚴寒的洞穴。

舒卿的壞毛病就是這樣開始養成的。

像是一個光鮮燦爛的蘋果，有一天撞傷了一小塊，於是微小的細菌開始很容易入侵，慢慢地，這一切就變得加倍地以驚人的速度繁殖，光鮮頃刻間就變得黯淡了，傷痕也一塊一塊地蔓開來，很快地就讓人不忍卒睹了。

抽煙，學著打麻將，開始在公共場合大嗓門地說話，也會穿著棉質的睡衣褲跑到鄰家的天井聊天。和秦煜杰一起打牌，可以暗中做手腳，賺了錢可以不必買菜燒飯直接去吃大排擋的宵夜。也會像結婚多年的婦人老是埋怨丈夫的種種不是，舒卿也會在家裏訓斥秦煜杰，像教訓孫子一樣，秦煜杰並非是無動於衷，以前，哪怕是舒卿皺一下眉頭他的心底也會不由自主地顫動，現在舒卿間歇的發作也成了秦煜杰心頭的波瀾不驚。很多的事情就是怕習慣，哪怕是習慣了愛，或是習慣了驚天動地。

像舒卿這樣的女子本來是一塊純淨的綢緞，如果好好侍候著，放在有著麝香的檀木匣子裏，或是索性做成了旗袍華服，是真的可以煥出奪目的光彩的。現在，這塊料子必須在蓬頭垢面的逼仄的角落裏生存，很快地，就黯淡了下去，不要說光鮮，就是起碼的整潔端正也是難得見了。

這樣的生活很快就融入到最庸常的節奏裏去了。舒卿就像平常的家庭婦女一樣要算計日常的家用開銷，被生活裏的瑣碎攪得心煩的時候會和秦煜杰吵架，最靈的一招就是不做飯也不和他搭話，很晚了還倚在沙發上不進屋去睡覺，等到秦煜杰不耐煩了，只得出來哄她，把她哄到心底裏開始騰升出一些些暖意為止。有的時候心頭也會滑過那些驚心動魄的往昔，想起來就像做夢一樣的。好像是隔著千重山萬重山一樣的遠，又像是在昨天一樣。

這一年，舒卿畢業了，被分到一家廠裏去當個小職員，是一爿很小的廠，這一年她也才是二十出頭的像花一樣的女孩子。她心裏的期冀和熱望早已是湮沒到塵埃裏去了，開始學會了沉默，久長的沉默。

廠裏的效益很不好，每天巴巴的上班也不能有一丁點兒遲到早退，一個月下來也掙不過千把塊。最要命的是秦煜杰沒有事可做，舒卿一個月八、九百塊的工資要供兩個人。秦煜杰是被生活的現實撞得頭破血流，一個生活在底層的男人，對底層的生活也厭惡至極，又更喪失了底層的人們所具有的對痛苦、貧寒的超常忍受和善良敦厚，那麼，這樣的人便會不可自持地變得畸形。更何況，舒卿就像一束不合時宜的鮮花被逼仄在他這個殘瓦罐裏。

好像沒有人會相信，出門會頻頻招人回首的秦煜杰和舒卿會窮到掏遍所有的口袋不滿二十元。曾經是如此光鮮的兩個人，回到家見到一張新到的電費的帳單而呆坐半天。好像是都市裏上演的一齣喜劇一般，應該說是悲喜劇。

待到酷愛體面的人連體面也保不住了的時候，是真的到了山窮水盡的地步了。直到有一天秦煜杰把那套當年出海帶回來的音響——這個他用來裝飾門面的熱鬧貨被押了出去，換了幾千塊錢回來，熱鬧的東西一旦搬走了，周圍的鄰居倒是好不容易得了點耳根清靜。秦煜杰拿著這幾千塊錢準備到賭桌上去搏一回。幾天幾夜昏天黑地跌宕起伏的日子，舒卿嚇得都不敢去看，躲在家裏吃方便麵。

秦煜杰是有點近乎瘋狂的著急。好像是要把最後一點面子拚死掙回來。這一次不知是老天爺可憐他，還是他那種勢不可擋的銳勁無形中幫了忙，秦煜杰的運氣是出乎意料的好。幾千塊的賭本，換回了近三萬元的「天外橫財」。秦煜杰是用這個錢和舒卿正式辦個婚禮，算是從多年的同居關係轉為真正意義上的夫妻關係。巷子裏的人早已對此沒有任何興趣了，在他們的心裏只是多了一場熱鬧看看而已。秦煜杰不知是因為自己知趣，還是怕巷子裏的人的閒言碎語拆穿了他在外面那些朋友間裝出來的體面，他的婚宴沒有請任何一個弄堂裏的鄰居。選的是五星級酒樓，婚紗、攝影，沒有一件是缺的，只是新婚依舊還是在這間老屋裏，所以在一整天的疲憊之後，舒卿從清晨的那種暫時的欣喜和微醺之中醒來，好似在子夜方才進入白天一般。想著終究是圓了做新娘的夢，卻也沒有多大的改變，那種人生有種新的開始的簇新的感覺是找不到一絲一毫的。好像是辛辛苦苦演了場戲給人看，心底裏反倒是開始有些悵然若失的樣子，愈來愈沉的樣子，想得久了，竟然有點傷心起來，落下幾顆清淚來。

秦煜杰覺得今夜的舒卿是特別美，楚楚可憐又有幾分柔媚的神情。方才在酒席上，耳旁充斥著不絕於耳的讚譽聲，都誇秦煜杰福氣太好，秦煜杰在洋洋得意的同時也是知道別人可能還在心底裏說：一朵鮮花插在牛糞上。這幾年的生活下來，秦煜杰的心裏是有些惶恐，自己的年齡一點點往上爬，又無特長，沒有職業，要再去找一個純情的女孩子做妻子似成奢望。他是想抓住舒卿，一則是骨子裏愛她怕失去她，二來是他已經感到精疲力竭，想安定下來，他想要個孩子，有了孩子，舒卿就跑不了了，自己也可以安定下來，至少是有一個像像樣樣的家。骨子裏，他是怕最後又落了單，又回到原先那種孤魂野鬼的生活裏去。

結婚的三個月後，舒卿懷孕了，秦煜杰喜出望外，原先的錢被結了一場熱鬧婚給折騰得差不多了，靠別人送的賀禮補上了一大截子，這些錢是要用來給舒卿生孩子用的。舒卿是一直到懷孕八個月的時候才從單位告假回來休假，秦煜杰一邊懷著忐忑與企盼的神情，一邊硬著頭皮去打零工，有的時候也騎摩托車去拉一點客人賺點小錢。是真的有點像做個父親的樣子了。

生了一個兒子，極漂亮，在五官該還是揉成一團，皮膚皺的，眉眼不清的時候，他就已經是有一股俊秀的神情。更像秦煜杰，卻也將舒卿的優點擄掠了過去，讓每個見的人都忍不住誇上幾句。

舒卿請了一年餘的假期，在家裏照顧寶寶。孩子的到來給他們增添了最初的快樂，是一種無法言喻的感覺，可是即便如此，生活的拮据很快就如陰雲籠罩在他們頭上。秦煜杰開始覺得在這個孩子帶給他無盡的自豪和歡愉的同時也讓他一籌莫展，舒卿長病假幾乎是拿不到什麼錢，孩子和她都需要人照料，就請了個娘姨來照料，營養是斷不能缺的，手裏的錢就像斷了閘的水，止也止不住。入不敷出的憂慮就像是由遠處風塵僕僕追來的強盜，雖還未至，但那種踏步聲已經侵擾得人沒有安寧。秦煜杰也是踏實過心下來去找活，除了用摩托車拉客外，甚至還在夜幕下販過外煙，秦煜杰是用了死勁來撐這張面皮，這樣做，實在也是迫不得已，秦煜杰想的是現在自己是一個男孩子的父親了，真正的有了一個家，是那種血脈裏湧動著的真實感。看到舒卿是那樣辛苦的樣子，秦煜杰會心頭發酸，想著要好好疼愛她。

可現實的巨掌，只輕輕一閃，一切本來已艱難行進的溫情脈脈被披頭蓋臉的嚴峻冷酷打得四分五裂。秦煜杰不得不又回到了原先那種要為生計著落苦苦奔忙的境地裏。而且常常是忙了半天也忙不出個名堂來。

秦煜杰本來是為了要留住舒卿，才要結婚生子的，現在，生活的現實讓他焦頭爛額，焦慮不堪。存摺上的那點錢再這樣下去就要折騰光了，孩子的開銷又特別大，舒卿的埋怨聲是一陣烈過一陣，全然沒有了往日的溫情，也再無心打扮自己，經常是睡眼惺忪，一頭亂蓬蓬的頭髮像雜草一樣豎著。

秦煜杰開始時是忍著。到後來，自己在外面四處碰壁受氣，回來是面對家裏凌亂不堪的樣子，兒子又是哭又是鬧，舒卿穿著睡衣褲在前後兩個房間竄來竄去，像訓孫子一樣訓著秦煜杰，訓斥聲聲聲入耳，就像細小銳利的刀片扎在心頭，秦煜杰終於像飽受壓力的彈簧，咆哮起來，欲罷不能，吵得天翻地覆，孩子被嚇得都快哭啞了，兩個人也不管，秦煜杰給了舒卿一個響亮的耳光，像一個刺耳的休止符，血從舒卿的嘴角淌下來，居然兩個人都還有些麻木，這一次，秦煜杰沒有去勸去哄，轉身甩門走了。

接下來的日子就把那種溫情脈脈的東西都掃盡了。庸常生活裏任何一點細小的矛盾都有可能引發一場世界大戰，秦煜杰前一陣子好不容易定下的決心又無處著落了，他是找朋友尋路子，做生意要本錢、要關係，他沒有；找一份朝九晚五的工作要學歷、要經驗，他也沒有；憑著韌性在社會上闖蕩要的是吃苦的精神、毅力和真本事，他更沒有。可秦煜杰心裏也窩火，他看著那些朝九晚五的男人，怎麼也不認為他們比自己更有本事，他也想著，自己也想憑著一雙手幹點活，有一份起碼的養家糊口的工資，最起碼不要整天挨舒卿的罵，可就是因為帶著一份被開除的紀錄和缺一張文憑而顯得是那麼那麼的難。好像，除了出賣體力，就沒有別的路了。秦煜杰在沒有兒子之前好像還沒有覺得如此無路可走，可以隨著性子，哪怕背脊上都是鄙夷憤怒的眼睛，可看到兒子那雙天真無邪的眼睛，秦煜杰會心痛，是真的對自己的憤怒，有的時候這種怨恨裏面還夾著對自己的輕視。和舒卿的關係並不是因為有了兒子而迅即升溫，倒是頗有些涼下去的感覺，心底裏是有涼意，從裏到外慢慢地滲出來，想著往昔那個純情的女孩子被自己擄掠芳心的豪邁感，會想得牙齦感到生疼，酸楚也會從心底裏泛上來，各種滋味攪和在了一起。

舒卿自從挨了那重重的一巴掌之後，心底裏最後一絲溫情頃刻間就摔得四分五裂了，再加上日子過得實在狼狽不堪。原先的夢想早就不要再提了，如此年輕美麗的她，每天抱著兒子想的就是怎麼樣維持生活，她的心是徹底灰了下去，有時看著秦煜杰感覺就像被一個無賴掠走了一切，只是孩子那種嬌嫩的樣子，牽著母親的心。

女人對逆境的承受力本來是超乎人的預料的。可一個心底裏淌漾著怨恨、愁苦和冷漠，又對愛失去信念，為生計所愁的年輕女子，就很難用韌性來抵抗一切了。

秦煜杰和舒卿認識以後一直都是很守本分的。一來是舒卿像磁鐵一樣的迷住了他，二來他是真的有點倦鳥歸巢的心思了。這一次，秦煜杰是在外面喝醉了酒，心中是愁怨相擠，他只想發洩一下久積的鬱氣，那些不三不四的朋友拉著他去了一個朋友家，那些朋友不知從哪兒為他拉來了一個打扮得像雞冠花一樣的女人，秦煜杰糊裏糊塗地違背了他求舒卿嫁給他時的諾言：永不背叛！最糟的是，舒卿很快就知道了。這一次，舒卿沒有吵，秦煜杰是完全慌亂了，在那種令人窒息的沉默中熬過了一夜，秦煜杰顫顫微微地走到舒卿的面前，想給她說一句憋了很久，也很真心的話：「請妳原諒我——」就在瞬間，舒卿猛然一個側身，一個十分響亮的巴掌沒有任何商量餘地的落在了秦熤杰的臉上，秦熤杰幾乎是打著踉蹌靠在了牆邊，舒卿覺得渾身的力氣都掏空了，又從丹田裏發出兩個字「畜生——」。

接下來的事情朝著不可理喻的方向發展，有些不可思議，卻是有著內在的合理性。就像一個已經拋出了手的球，在空中哪怕受到任何一點點的外力，驟然間，就會朝著你完全不可想像的方向奔去。

那時候，所謂的夜總會還在上海剛剛冒了頭。生意好得畸形。舒卿辭了職，成了一個一無所有的待業者。所有的可以得到的保障全都沒有了，也意味著她在失去的同時得到了很多的可能性。她無需與秦熤杰商量，她的心對於這個家是徹底涼透了。

她公然提出要去夜總會當服務生。秦熤杰傻了。但他也管不住此時的舒卿了。他害怕舒卿和他魚死網破，更何況，他無力來支撐這個家，兒子要靠舒卿養。舒卿想的是，她不想再靠任何人，她要靠自己來改變命運，要走一條連她自己都不敢想下去的路，所以，好像有魔力附身，不僅義無反顧，而且心中湧著那種莫名的力量，想要竭力掙脫的勇氣幾乎有些駭人。

當舒卿必須每天晚上八點鐘在家裏化好妝，每天要到淩晨三、四點鐘才回來，白天就在屋裏蒙頭睡覺，當她漫不經心地扔出一疊鈔票遞給秦煜杰讓他別忘了付這個費那個費，還叮囑別忘了買兒子的玩具和零食時，秦煜杰感受到自己是比舒卿還更無恥，只是那種念頭也只是一閃即過，他想的也是要將這份「無恥」延續下去，並且讓舒卿恨他。

舒卿算是那些坐檯小姐裏很出眾的。這家夜總會不是一般的不入流的地方，是真正的富商權貴雲集的地方，會員制的沙龍形式。舒卿已經不是幾年前一顆青澀的果子，現在不僅成熟而且內心是容納著坎坷苦澀和悲愁，那種欲揮不散的憂愁像薄靄一樣籠著她，是收斂的靜美，心裏還有些含著怨忿的羞澀。她並沒有像秦煜杰和她相罵時所說的「不要顏面」，卻也真的是將顏面矜持一同扔進了海裏。

秦煜杰就像那種戲文裏描寫的最最無恥的男人一樣，光明正大地伸手向舒卿要錢，舒卿有時會很惱火，倒不是覺得錢多少的問題，而是覺得自己真是瞎了眼，怎麼會當初沒有看出秦煜杰骨子裏是如此的無賴。秦煜杰公然拿著老婆掙來的帶著曖昧色彩的錢去賭博，找小姐，買名牌服裝，把自己打扮得油光鮮亮，卻是沒有神采的樣子。舒卿是不會再發火了，她只是給秦煜杰限了一個彼此都還算可以容忍的額度，秦煜杰也已經不再做一頭憤怒的獅子。這個死寂的家裏，兒子被一個常雇的保姆帶著，有時會傳出稚嫩純淨的呀呀學語聲，竟讓人有一種淒美之感。

這樣的生活維持了近一年，秦煜杰是徹底地感到自己如油浮在水上一樣既逍遙又虛空，有錢的好處是徹底地體悟到了，他想著難怪那麼多人會依附在錢這根金箍棒上。他也會心痛，尤其是別人在背後指指點點的樣子，那種上海俚語裏專門用來形容這類男人的不堪入耳的話讓他從牙縫裏擠出對舒卿的恨，他唯一能做的就是向舒卿層層加碼，要的錢是水漲船高，他想藉此來發洩心中的恨，和舒卿之間彼此剩下的就是一種折磨。舒卿想的是總要做一個了斷，她是在等候一個恰當的時機，一個更合適的機會，秦煜杰也明白這條船最終是要撐破的，他真的如同最無賴的人那樣，籌算著自己手上的法碼：一張結婚證，還有一個兒子。這是舒卿要離開他必須要掙脫的繩索，為了這繩索，她需要加倍地去贖回來。

舒卿本來還是想回頭，只要秦煜杰真的是想竭力挽回這個家。最初的願望是為生計所迫，是頗有點想和秦煜杰從此決裂的意思，只是女人的心是詭秘百轉，又到底是水做的，她也想過要回頭，覺得事實上並沒有真正做過一件對不起秦煜杰的事，倒是秦煜杰太辜負自己。可是兩人中沒有任何一個做出真正的體恤和悔悟。

事情終於不可挽回地發展到不得不散的地步。舒卿正式地提出離婚，主要的原因是有一個商人看上了她，並鄭重地提出了要與舒卿遠走高飛。

秦煜杰知道王牌是捏在自己的手裏，只要他不鬆口，那麼這個家就會被吊著，一直吊到彼此連互相折磨的力氣都不願再用為止。舒卿心裏也非常明白，她從心底裏感到涼意，當初是年少不更事，錯嫁了人，現在還要用一種更羞恥的方法自己把自己的自由給贖回來。她是等著秦煜杰來開這個口。秦煜杰卻是偏偏不說，他待舒卿把意圖講完了，才幽幽地吐出一句，他要兒子，這是不可商量的。他也明白，孩子還那麼小，如果哪一方先提出離婚，一定是要在撫養權上大為失勢。舒卿也一定要這個孩子，孩子是她現在在這個世上最親密最可信也是唯一有愛可言的人。

秦煜杰那種眼睛的餘光裏折射出來的略帶得意的神色就像利刃一樣插在舒卿的心上，舒卿近乎麻木的神經又被挑起了，她想的是不管付出多大的代價，也要帶著兒子離開這個男人，一個比瘟疫還要可怕的東西。

最後的開價是三十萬，秦煜杰說：如果要離婚又要帶走孩子的話，他每週還必須再見一回兒子。兒子終究是兒子，不管他在哪裏長大，跟誰在一起，他終究是秦煜杰的兒子，這是秦煜杰心裏盤算著的未來的計劃。

誰也不知道，他究竟是想藉此讓舒卿回頭呢？還是真的就是這樣無賴的人。舒卿新交的男朋友很有錢，三十萬換得美人的自由、芳心外加一份感恩之情，實在是太小意思的數目了。

離婚的那一天和往昔一樣雲淡風清。一切好像都有著本質的差異，又好像什麼都沒變。那一疊厚厚的錢裝在一個用舊的時裝袋裏，三十疊，鑾沉的樣子，秦煜杰提在手裏像一點兒分量也沒有一樣。

此後的一年裏，秦煜杰就拿著這筆錢花天酒地，他是從來也沒有想過要顧念到今後的生活，該如何延續下去。

一年以後的今天，秦煜杰要與舒卿見一面，這是舒卿提出來的，原因是她要去美國，這與他是沒有任何關係的，但她要帶兒子一起去，至於什麼時候會再回來，她自己也不知道。秦煜杰不願意，這違背了當初的條件和承諾，舒卿在電話裏的聲音婉轉而極富耐心，她說，我可以考慮給你補償，再說，說不定我們很快會回來的。

秦煜杰是心灰意懶，他也想著兒子跟了他是要倒霉的，跟著舒卿，衣食無憂，有人照顧，將來還可以接受最好的教育，可是，他是真的不捨得不願意，可他已經恨不起舒卿來了。

舒卿說，我留了一張十萬元的存摺，寫的是你的名字，我們走了，你要多保重！

約好了這一天，大家見最後一面，一年多不見舒卿讓秦煜杰詫異而從心底感慨，女人是最最經不起磨難的。舒卿的嬌美、風情萬種在那身得體的套裝映襯下更加顯得如同畫中璧人，看得出她生活得很優裕，也是跟了一個講究體面稍具修養的人，只是消瘦依然，更顯得有些讓人憐惜的樣子。

秦煜杰是遠遠地看，看得有些出神，好像很多年以前，在巷子裏初識舒卿，看到清純可人的她在橡皮筋上躍來躍去的樣子。這個優雅嫻靜的女子曾是自己的妻子，他們還有一個孩子……那些紛亂的片段像空氣裏的塵埃拚命地在秦煜杰的腦子裏擠來擠去，直到擠得全剩下空白為止。直到舒卿看到他，邁著輕柔的步子走到他面前，遞給他一個信封，裏面有一張存摺，還有幾張兒子的照片。

找個地方坐坐，好嗎？秦煜杰口齒不清。

我沒時間了，還有好多事沒辦呢！

就一會兒，我還想再見見兒子。

我安排一下，要是有時間，我就通知你，要沒有，就算了。

你們什麼時候的飛機票？

後天中午的。

妳一定要待兒子好。

那當然，是我的兒子呀！

舒卿側轉身，留下一聲「再見」輕得幾乎聽不見，秦煜杰的道別還在齒邊沒來得及說，舒卿已經走開了。

人流如潮水一般從他們的身邊淌過，直到把他們兩個一起淹沒為止。

後記

人道是傷春悲秋不長進

董懿娜

這樣的日好像是過了很久了。有些沉沉的陰鬱，淺顯的晦澀惆悵，又像是才翻開第一頁一般透著新鮮和醉心的期冀。這近二年多來，我的身體一直不太好，好多當時在學校裏憧憬的願望也終究在心上擱淺下來，黯淡或燦爛的日子只在讀書寫字中淘洗到最原本的底色，這也是慣常的生活，不敢失掉讀書人的本份。

有道是：天增歲月人增壽，春滿乾坤福滿堂。人長大了，終究是一件好事，卻是變得更多的愁慮，時常也是無可名狀的。人道是傷春悲秋不長進，卻也不能自己。敏感是天性，卻是無端的脆弱了，很多的思緒，原來冒出來的時候是很有些意味的，後來，卻莫名地被思量磨淡了，直到最後，就像一縷輕煙——無端由地升起又無去處地散盡，終究無蹤影為止。也時常讀到好書或會心的文章，那種熨貼於心的感覺總可以將生活的平淡、些許的無聊、倦怠一起捲走。寫小說是一種移情般的傾訴，隔著層紗，好像是在傾情的同時又多了些收斂、洞悉、審視和明智。那些人物，起先只是模糊的一團，後來——在寫的過程中，漸漸的有了輪廓。直至最後連衣服的領子是什麼款式，袖子上未熨平的皺折也如同就在眼前，那種過程中曼妙的感覺是只有寫作的人才能體悟，旁人均無法分享到的。我常為這樣的感覺感動——尤其在我心情黯然的時候。那些小說裏的女性，傾注了我的感情，這感情很複雜，愛、憂慮、痛楚、怨、憐惜、期望、嘆息等等。譬如，《斯人已去》中的梅紓雲，這是我想探究的一類女性，有著純真、執著的個性，而且唯美、堅強。然而，生活的現實就像一張無比堅韌又密不透風的網，她的那種追求的過程，可能就是她的生命的全部意義所在。這個小說，我寫得很用心，可惜，沒有寫好。倒不是一些背景人物上的混亂，而是在這個人物本身上的一些情感還沒有梳理透。曾經有念頭把這個小說改一下，可終究發現會顧此失彼，而且發現有一些最重要的環扣總是解不開，那是生活裏最最困惑我們的東西，為這種莫名的東西惆悵、思量，耗費心力——就像走在沒有盡頭的輪迴中，如同在每一篇小說裏都有一些東西是很想表達卻永遠也無法企及的一般，於是作罷。又如同每篇小說都要留下遺憾一樣，在那些缺口中滋生出新的願望，寄託在下一篇小說中。

記得好多年前初進復旦念書，教古籍的先生在第一堂課上給了我們八個字：體相圓融，用之不窮。這麼久以來，每每想到這句話，就感到如同走在一條無盡頭的甬道上，而自己走了很久，才像費力地邁了幾步。書齋的生活有時很像一盆快要熄滅卻永遠也不會真正滅盡的餘灰，那種走向極地般的，表面清寂平靜內在狂瀾不息的生活，的確不是年輕的歲月裏輕易可以承載的。於我，是終究要對上蒼心存感激，能找尋到自己鍾愛的軌跡，並與最日常的生活融合——夫復何求？雖然也常常為其間的落寞、惆悵、多愁善感、焦灼而無能為力，徘徊復徘徊，但總有一些東西就不知覺地沉澱下來，我知道，這是屬於我的珍愛之物。

在這本書的最後，我要特別感謝白樺先生，感謝他對我創作給予的指導和關愛，並撥冗作序給我勉勵。三民書局的熱忱和惠意也一併感謝中。

二〇〇〇年三月於上海

三民叢刊書目

①邁向已開發國家　孫　震著
②經濟發展啟示錄　于宗先著
③中國文學講話　王更生著
④紅樓夢新解　潘重規著
⑤紅樓夢新辨　潘重規著
⑥自由與權威　周陽山著
⑦勇往直前
・傳播經營札記　石永貴著
⑧細微的一炷香　劉紹銘著
⑨文與情　琦　君著
⑩在我們的時代　周志文著
⑪中央社的故事（上）
・民國二十一年至六十一年　周培敬著
⑫中央社的故事（下）
・民國二十一年至六十一年　周培敬著
⑬梭羅與中國　陳長房著
⑭時代邊緣之聲　龔鵬程著
⑮紅學六十年　潘重規著
⑯解咒與立法　勞思光著
⑰對不起，借過一下　水　晶著
⑱解體分裂的年代　楊　渡著
⑲德國在那裏？（政治、經濟）
・聯邦德國四十年　郭恆鈺、許琳菲等著
⑳德國在那裏？（文化、統一）
・聯邦德國四十年　郭恆鈺、許琳菲等著
㉑浮生九四
・雪林回憶錄　蘇雪林著
㉒海天集　莊信正著
㉓日本式心靈
・文化與社會散論　李永熾著
㉔臺灣文學風貌　李瑞騰著
㉕干儛集　黃翰荻著

㉖作家與作品　謝冰瑩著
㉗冰瑩書信　謝冰瑩著
㉘冰瑩遊記　謝冰瑩著
㉙冰瑩憶往　謝冰瑩著
㉚冰瑩懷舊　謝冰瑩著
㉛與世界文壇對話　鄭樹森著
㉜捉狂下的興嘆　南方朔著
㉝猶記風吹水上鱗
　・錢穆與現代中國學術　余英時著
㉞形象與言語
　・西方現代藝術評論文集　李明明著
㉟紅學論集　潘重規著
㊱憂鬱與狂熱　孫瑋芒著
㊲黃昏過客　沙　究著
㊳帶詩蹺課去　徐望雲著
㊴走出銅像國　龔鵬程著
㊵伴我半世紀的那把琴　鄧昌國著
㊶深層思考與思考深層
　・轉型期國際政治的觀察　劉必榮著
㊷瞬　間　周志文著
㊸兩岸迷宮遊戲　楊　渡著
㊹德國問題與歐洲秩序　彭滂沱著
㊺文學關懷　李瑞騰著
㊻未能忘情　劉紹銘著
㊼發展路上艱難多　孫　震著
㊽胡適叢論　周質平著
㊾水與水神
　・中國的民俗與人文　王孝廉著
㊿由英雄的人到人的泯滅
　・法國當代文學論集　金恆杰著
51 重商主義的窘境　賴建誠著
52 中國文化與現代變遷　余英時著
53 橡溪雜拾　思　果著
54 統一後的德國　郭恆鈺主編
55 愛廬談文學　黃永武著
56 南十字星座　呂大明著
57 重疊的足跡　韓　秀著
58 書鄉長短調　黃碧端著
59 愛情・仇恨・政治
　・漢姆雷特專論及其他　朱立民著

⑥⓪蝴蝶球傳奇　顏匯增著
・真實與虛構
⑥①文化啓示錄　南方朔著
⑥②日本這個國家　章　陸著
⑥③在沉寂與鼎沸之間　黃碧端著
⑥④民主與兩岸動向　余英時著
⑥⑤靈魂的按摩　劉紹銘著
⑥⑥迎向眾聲　向　陽著
・八〇年代臺灣文化情境觀察
⑥⑦蛻變中的臺灣經濟　于宗先著
⑥⑧從現代到當代　鄭樹森著
⑥⑨嚴肅的遊戲　楊錦郁著
・當代文藝訪談錄
⑦⓪甜鹹酸梅　向　明著
⑦①楓　香　黃國彬著
⑦②日本深層　齊　濤著
⑦③美麗的負荷　封德屏著
⑦④現代文明的隱者　周陽山著
⑦⑤煙火與噴泉　白　靈著

⑦⑥七十浮跡　項退結著
・生活體驗與思考
⑦⑦永恆的彩虹　小　民著
⑦⑧情繫一環　梁錫華著
⑦⑨遠山一抹　思　果著
⑧⓪尋找希望的星空　呂大明著
⑧①領養一株雲杉　黃文範著
⑧②浮世情懷　劉安諾著
⑧③天涯長青　趙淑俠著
⑧④文學札記　黃國彬著
⑧⑤訪草（第一卷）　陳冠學著
⑧⑥藍色的斷想　陳冠學著
・孤獨者隨想錄
A・B・C全卷
⑧⑦追不回的永恆　彭　歌著
⑧⑧紫水晶戒指　小　民著
⑧⑨心路的嬉逐　劉延湘著
⑨⓪情書外一章　韓　秀著
⑨①情到深處　簡　宛著
⑨②父女對話　陳冠學著

⑨③ 陳冲前傳　嚴歌苓著
⑨④ 面壁笑人類　祖　慰著
⑨⑤ 不老的詩心　夏鐵肩著
⑨⑥ 雲霧之國　合山　究著
⑨⑦ 北京城不是一天造成的　喜　樂著
⑨⑧ 兩城憶往　楊孔鑫著
⑨⑨ 詩情與俠骨　莊　因著
⑩⓪ 文化脈動　張　錯著
⑩① 桑樹下　繆天華著
⑩② 牛頓來訪　石家興著
⑩③ 深情回眸　鮑曉暉著
⑩④ 新詩補給站　渡　也著
⑩⑤ 鳳凰遊　李元洛著
⑩⑥ 文學人語　高大鵬著
⑩⑦ 養狗政治學　鄭赤琰著
⑩⑧ 烟　塵　姜　穆著
⑩⑨ 河　宴　鍾怡雯著
⑪⓪ 滬上春秋　章念馳著
⑪① 愛廬談心事　黃永武著
⑪② 吹不散的人影　高大鵬著
⑪③ 草鞋權貴　嚴歌苓著
⑪④ 是我們改變了世界　張　放著
⑪⑤ 夢裡有隻小小船　夏小舟著
⑪⑥ 狂歡與破碎　林幸謙著
⑪⑦ 哲學思考漫步　劉述先著
⑪⑧ 說　涼　水　晶著
⑪⑨ 紅樓鐘聲　王熙元著
⑫⓪ 寒冬聽天方夜譚　保　真著
⑫① 儒林新誌　周質平著
⑫② 流水無歸程　白　樺著
⑫③ 偷窺天國　劉紹銘著
⑫④ 倒淌河　嚴歌苓著
⑫⑤ 尋覓畫家步履　陳其茂著
⑫⑥ 古典與現實之間　杜正勝著
⑫⑦ 釣魚臺畔過客　彭　歌著
⑫⑧ 古典到現代　張　健著
⑫⑨ 帶鞍的鹿　虹　影著
⑬⓪ 人文之旅　葉海煙著

131 生肖與童年　小民著　喜樂圖
132 京都一年　林文月著
133 山水與古典　林文月著
134 冬天黃昏的風笛　呂大明著
135 心靈的花朵　戚宜君著
136 親　戚　韓　秀著
137 清詞選講　葉嘉瑩著
138 迦陵談詞　葉嘉瑩著
139 神　樹　鄭　義著
140 琦君說童年　琦　君著
141 域外知音　張堂錡著
142 遠方的戰爭　鄭寶娟著
143 留著記憶・留著光　陳其茂著
144 滾滾遼河　紀　剛著
145 王禎和的小說世界　高全之著
146 永恆與現在　劉述先著
147 東方・西方　夏小舟著
148 嗚咽海　程明琤著
149 沙發椅的聯想　梅　新著
150 資訊爆炸的落塵　徐佳士著
151 沙漠裡的狼　白　樺著
152 風信子女郎　虹　影著
153 塵沙掠影　馬　遜著
154 飄泊的雲　莊　因著
155 和泉式部日記　林文月譯・圖
156 愛的美麗與哀愁　夏小舟著
157 黑　月　樊小玉著
158 流香溪　季　仲著
159 史記評賞　賴漢屏著
160 文學靈魂的閱讀　張堂錡著
161 抒情時代　鄭寶娟著
162 九十九朵曇花　何修仁著
163 說故事的人　彭　歌著
164 日本原形　齊　濤著
165 從張愛玲到林懷民　高全之著
166 莎士比亞識字不多？　陳冠學著
167 情思・情絲　龔　華著

⑱說吧，房間　林　白著
⑲自由鳥　鄭　義著
⑳魚川讀詩　梅　新著
⑰好詩共欣賞　葉嘉瑩著
⑰永不磨滅的愛　楊秋生著
⑰晴空星月　馬　遜著
⑰風　景　韓　秀著
⑰談歷史　話教學　張　元著
⑰兩極紀實　位夢華著
⑰遙遠的歌　夏小舟著
⑰時間的通道　簡　宛著
⑰燃燒的眼睛　簡　宛著
⑱月兒彎彎照美洲　李靜平著
⑱愛廬談諺詩　黃永武著
⑱劉真傳　黃守誠著
⑱天涯縱橫　位夢華著
⑱新詩論　許世旭著
⑱天　譴　張　放著
⑱綠野仙蹤與中國　賴建誠著
⑱標題飆題　馬西屏著
⑱詩與情　黃永武著
⑱鹿　夢　康正果著
⑲蝴蝶涅槃　海　男著
⑲半洋隨筆　林培瑞著
⑲沈從文的文學世界　王繼志、陳　龍著
⑲送一朵花給您　簡　宛著
⑲波西米亞樓　嚴歌苓著

195
化妝時代
陳家橋　著

陳，在一次陌生人闖入的情形下，成為一個殺人的疑犯，他必須找尋凶手，找尋這個和他打扮一樣的陌生人；就在他從化妝師那尋找線索時，他落入一個如真似幻的情境，在無法自拔時，他被指為瘋子，被控謀殺，他要如何去面對這一切的問題……。

196
寶島曼波
李靜平　著

年少時天真得令自己淪為笑柄的悲慘遭遇，事過境遷後往往反為記憶中開心的片段。本書中收錄著作者兒時的種種突發奇想，那屬於孩提時代的天真、忘我，有的令人噴飯，有些令人莞爾。在兒時距我們越來越遠的當兒，本書絕對讓你返老還童。

197
只要我和你
夏小舟　著

本書作者早年負笈日本，而後旅居美國。儘管足跡從保守的東方跨入開放的西方，但作者對兩性情感世界的關注卻不曾稍減。書中所收一篇篇帶著遺憾的真實故事，不甚完美的結局，恰能提供你我一個正視情感與人性的機會。

198
銀色的玻璃人
海　男　著

「林玉媚走進了花園深處，她想看看吹奏薩克斯風的這個人是誰？……」是什麼樣一段不為人知的記憶，輕輕撩撥這即將邁入三十的女醫生心絃？循著四月天的癌症病房，她慢慢鋪陳出一段段似有若無的感情軌跡，讓心隨著它一同飛翔。

199

小歷史——歷史的邊陲

林富士 著

想窺視求符籙、作法事、占夢等流傳已久的巫覡傳統嗎？想了解中元普渡傳統祭典的現代性格嗎？屎尿、頭髮與人肉又有哪些有趣的象徵意義呢？處於多元化的社會，這些「邊緣」文化所表現出民眾對鬼神及自然界不可知力量的敬畏，值得您深入探討。

200

再回首

鄭寶娟 著

本書收錄作者近期滿意的短篇創作十四篇，情感深刻，直指人心。誰說小說都只是風花雪月、不食人間煙火的夢幻，作者藉著細膩的感觸、流暢的敘述筆力，結構出人生各個層面的真情實感；而正因這份真實，讓人感歎紅塵種種的可貴與無奈。

201

舊時月色

張堂錡 著

「每個人都有自己的日光風景，每個世代的人都會創造出獨特的回憶。……只要流過汗水，踏實走過，每一步都會閃著黃金般的亮光。」這本散文集或敘童年往事，或寫人物情緣，或抒讀書雜感，是作者向青春，向散文告別的見證，讀來別有感懷。

202

進化神話第一部：駁達爾文《物種起源》

陳冠學 著

達爾文《物種起源》一書，闡釋了「物競天擇，適者生存」的自然進化學說。一百多年來，人們一直戴著這副偏光鏡片去觀察世界，而不自知。本書以科學的論述，客觀地指出進化理論的矛盾意想，層層揭露了進化神話的迷思。

203
大話小說
莊因 著

作者以其亦莊亦諧的筆調，探觸華人世界的生活百態，這其中有憶往記遊、有典故，當然還有他所嗜好的飲食文化，綜觀全書，不時見他出入人群，議論時事，批評時弊，本著知識份子的良知良行，期待著中國人有「說大話而不臉紅的一天」。

204
人禍
彭道誠 著

太平天國起義是近代不容忽視的歷史事件，他們主張男女平等，要解百姓倒懸之苦。而戰無不勝勢如破竹的天朝，卻在攻下半壁江山後短短幾年由盛而衰，終為曾國藩所敗，何以有此劇變？讀者可從據史實改編的本書中發現端倪。

205
殘片
董懿娜 著

讀董懿娜的小說就像凝視一朵朵淒美的燭光。她筆下的女主人翁大都是敏感又聰明的人物，明明知道等待著她的是絕望，她還要希望。而她們的命運遭遇，會讓人覺得曾經在塵世間匆匆一瞥。本書就在作者獨特細緻的筆觸下，編排著夢一般的真實。

206
陽雀王國
白樺 著

中國施行共產主義，在政治、文化、生活作了種種革新，人民在一波波浪潮衝擊下，徘徊新舊之間。本書文字自然流暢，以一篇篇小說寫出時代轉變下豐富的眾生相，可喜、可憎、可愛的人生際遇，反應當時社會背景，讀之，令人動容。

207

懸崖之約

海男 著

「男人與女人在此約會中的故事，貫穿著一個幸運的結局和另一個戲劇的結局」。一個患腦癌的四十歲女子，她要在去天堂之前去訪問記憶中銘心刻骨的每一個朋友，也許是密友、情人、前夫，她的生活因為有了昨日的記憶，將展開一段不同的旅程。

208

神交者說

虹影 著

人的情感總是同時交雜著出現，很難只用喜悅、悲傷、恐懼等單純詞語完整表達。而本書作者細緻地記述回憶或現實的片段，藉以呈現許多情況下（如養父過世，或只是邂逅陌生人等）人複雜多變的感覺，使讀者能自然地了解書中的情境與人物的感受。

209

海天漫筆

莊因 著

或「拍案叫好」或「心有戚戚」或「捫心自思」，作者以其多年旅居海外經驗，與自身文化激盪的心得，發為一篇篇散文，不但將中華文化精萃發揚，亦介紹西方生活的真善美。且看「海」的那片「天」空下，作者浪「漫」的妙「筆」！

210

情悟，天地寬

張純瑛 著

本書乃集結作者旅居美國多年來的文章，娓娓細述遊子之情。其文字洗鍊，生動感人，處處展現羈旅之心與赤子之情。作者雖從事電腦業，但文章風格清新雋永。值得你我風簷展讀，再三品味，從中探索「情」之真諦！

211

誰家有女初養成

嚴歌苓 著

「巧巧覺得出了黃桷坪的自己，很快會變一個人的。對於一個新的巧巧，窩在山溝裡的黃桷坪和窩在黃桷坪的一切人和事，都不在話下。」踏出黃桷坪的巧巧會有怎樣的改變呢？如願的坐上流水線抑或是……

國家圖書館出版品預行編目資料

殘片 ／ 董懿娜著 -- 初版. -- 臺北市：三民,
民89

冊； 公分. --（三民叢刊；205）

ISBN 957-14-3108-7(平裝)

857.63 88015876

網際網路位址 http://www.sanmin.com.tw

著作人 董懿娜
發行人 劉振強
著作財產權人 三民書局股份有限公司
臺北市復興北路三八六號
發行所 三民書局股份有限公司
地址／臺北市復興北路三八六號
電話／二五〇〇六六〇〇
郵撥／〇〇〇九九九八──五號
印刷所 三民書局股份有限公司
門市部 復北店／臺北市復興北路三八六號
重南店／臺北市重慶南路一段六十一號
初 版 中華民國八十九年四月
編 號 S 85541
基本定價 參 元
行政院新聞局登記證局版臺業字第〇二〇〇號

ISBN 957-14-3108-7 （平裝）